Inte skall jag stå vid din grav

Inte skall jag stå vid din grav
–material till en oskrivbar roman

Niklas Aurgrunn

Förlag: BoD – Books on Demand, Stockholm, Sverige
Tryck: BoD – Books on Demand, Norderstedt, Tyskland
ISBN: 978-91-7969-851-5

Till Isabella & Valentina

Om jag bara ger det tid

En främling på mammas gata, det var det jag blev.

Huset och området stöter liksom bort mig, svarar inte men vänder sig undan.

Där, nummer hundra, i fjorton år ett slags hem och en åtminstone förment fristad, senare lejonens kula under ett par decennier men nu vet jag inte. Känner bara hur det skälver tröstlöst i mig.

All tid som virats runt alltihop, det är verkligen inte lätt att se vad den gömmer. Att det var här vi rörde oss runt varandra i allt större cirklar, att det var här allting aldrig hände.

Hälften av de som bor här omkring idag är uråldriga kvarlevor från min uppväxt, den andra hälften småbarnsfamiljer som tagit över de hus där invånarna dött undan och ut, där inte ens minnena dröjer.

Att de inte känner det, dessa ungtuppar, att de faktiskt tänker börja om. Här, där inget nånsin växte.

Sneglar på avstånd upp mot garageinfarten och de tylldraperade fönstren men när jag går förbi så böjer sig nacken av sig själv och jag känner hur mina anletsdrag slätas ut.

Allting nollställs, som vanligt. Allting blir möjligt, men alldeles alldeles för sent.

Ingenting förringar och drar ner en människa så som medvetandet att inte vara älskad, skrev Hjalmar Söderberg i "Doktor Glas".

Den kampen, det loppet, det där fäktandet genom decennierna.

Detta jag aldrig visste eller anade förrän senare, när han redan var borta.

Man ställde in en sjuksäng i vardagsrummet på nedre botten för att han skulle bli hanterligare.

Röran. Sjukvårdspersonal som kom och gick, ångesten som slog av och på.

Han måste ha hunnit se hur det åter knoppades i buskagen på baksidan.

Lungorna som successivt gav sig.

Hur han magrade undan, jag har inte sett det ens på bilder men föreställer mig.

Humöret, det redan i vanliga fall beryktat ojämna, och allt som plötsligt sipprade slut med sån orättvis fart.

Teveprogram, nyheter, allt som för var dag angick allt mindre.

Inte ens mig orkade han ta tag i.

Minst av allt mig.

Varje släktleds besatthet vid sig själv och sin egen tid. Historielösheten, empati-ditot, oförmågan att ta till sig tidens flykt och de slutsatser som hänger med den. Snuddandet vi har mage att kalla för närhet.

Det är tystnaden, det är den som väsnats genom årtionden. Konfrontationerna glömde jag innan de var över.

Tystnaden, detta ombonade stilleben man gavs att spränga sig in i och ut ur.

Mumlandet, sidsteppandet, de lyckliga charaderna.

Läser i ett av min mors gamla kåserier om hennes beundran för min fars stoiska sida, detvillsäga just det där styvnackat undflyende jag aldrig kunde ta till mig. Rädslan för svagheten. Masken, gesterna. Ryggtavlan, stegen som evigt avlägsnade sig.

Ensamheten man alltid stod kvar med. Förvirringen man ingenstans hade att växla in.

Att bokstavligen hellre dö än att söka formulera missuppfattningarna, hur ska jag förstå det valet?

Varför tala om det som gör ont? Min mor förstår inte.

Hur gör man när man inte talar om det som gör ont? Jag begriper lika lite.

All vår fladdrigt labila kommunikation, breven först i tio år och mailen sen i tjugo. En och annan bok jag skrev i ämnet men som aldrig lästes eller kommenterades. Till slut och efter många avbrott och bittra tirader har det kokat ner till att jag ställer frågor om släkten som hon sen svarar på.

Vi kan mötas där, i det dokumentära. Årtalen, adresserna, den pura genealogin.

Släkten har hon koll på efter tjugo års forskande, mig och mina barn undantagna.

Varför tala om det som gör ont? Varför inte bara rå om varandra? Och vad är det egentligen som ska förlåtas?

Av Bibelns alla obegripligheter hakade jag tidigt upp mig på Jesus uppmaning på korset: "Herre, förlåt dem ty de veta icke vad de göra", eller hur det var. Jag förstod inte vad det hade för betydelse om de visste vem han var eller inte, brottet var ju detsamma såvida han inte menade att korsfästandet av just honom var extra klandervärt på nåt vis och i så fall kunde han gott hänga där.

Hursomhelst är det en intressant fråga att klamra sig fast vid när någon sviker och ger sig av. Visste han vad han gjorde, kände hon konsekvenserna, och spelar det roll?

Att förstå, det är ju dit man vill, avslut kräver förståelse – men varför är det egentligen så? Förutsätter inte resonemanget att vi alla har samma intelligens, känslomässigt och analytiskt, att vi alltså i allt väsentligt är identiska? Vilket vi ju inte är.

Klappret, träskorna mot betongplattorna på baksidan. Ett envist raspande i garaget. Klickandet av galgar i garderoben, doften av rakvatten som hängde kvar över handfatet om morgonen.

Som en tanke i bakhuvudet, något viktigt där som aldrig gav sig till känna men bara studsade mot medvetandet.

Jag tänker att jag säger till min fru att det för att förlåta min far kanske kunde vara tillräckligt att acceptera att han inte bättre begrep, eller kände. Jag tänker att jag säger att jag inte gärna kan lasta honom för tillkortakommanden och underlåtanden han inte såg eller uppfattade därifrån han befann sig.

"Men", protesterar hon inuti huvudet, "är inte det i arrogantaste laget? Är det inte faktiskt ett slags omyndigförklarande?"

Ja, men så måste det kanske vara.

Klappar min far på huvudet, därtill nödd och tvungen.

Att jag inget visste, inget vet. Läste du vad jag skrev? Undrade du? Saknade du?

Bristen på avslut, att inte ens få ta avsked av sakerna, rummen, markörerna. Har inte varit i ditt hem (mitt barndomsdito, tänkte du nånsin på det?) på över tio år men i somras stod jag två år efter din död i vagnboden på landet och försökte åstadkomma nån slags avrundning.

Tummade täljkniven, strök över gamla hyvlar, flyttade en hög med rostig nubb nån decimeter över bänken, ett i taget. Kisade mot glipan av dager i väggen bakom den gamla höskrindan som jag antog att du gjort så många gånger, och stötte ett orv i taket så att böset från logen singlade ner. Andades av det, försökte känna vem du varit där i så oerhört många timmar, år efter år, decennium efter decennium.

Skalv, blev det. Torra tårar.

Det gick för långt, avståndet är redan för stort. Hur sakna en skugga, en aning?

Felicia Feldt skriver i sin bok om sin mamma, uppfostringsgurun gubevars, att man inte behöver förlåta, att hon inte vill det, att hon behöver sitt förakt, att hon skulle göra våld på sig själv om hon tog bort det, eller låtsades bort det. Men jag tror hon skrev så för att hon ingen bättre strategi kom åt och jag vill hursomhelst inte leva i den ofärdigheten.

Har försökt men det gick inte. Skrev hela böcker på den frustrationen, och satt ändå kvar med alltihop efteråt.

Tänker att föraktet levde så länge du gjorde det, det var ett slags utdraget sorgearbete i förskott.

Mest bara tomhet sen, nu.

Tänker att den kan gå att fylla med lite av varje, om jag bara ger det tid.

Han dör

Det är slutet av ännu en januari, min fru är som vanligt redan utflugen när klockan ringer.

Jag vacklar upp, drar på mig strumporna och t-shirten från Göteborgsvarvet men låter byxorna anstå.

Sätter på teven i vardagsrummet just som signaturmelodin till Bolibompa lattjar igång, trycker upp volymen och öppnar dörren till mina döttrars rum.

"Gomorron, alla skolflickor". Rossligare än hurtigt, innan jag fortsätter in på toaletten.

Sen går vi runt varandra i några minuter. Lägenheten är inte stor men vi har lärt oss att undvika kollisioner, gör oss smala, öppnar inte garderobsdörrarna i hallen mer än halvvägs.

Kokar kaffe till mig själv först, för att snabbt bättra på tålamodet. Det är lite som när flygvärdinnor upplyser föräldrar ombord om att de i händelse av nödläge ska börja med sina egna syrgasmasker, för att kunna bistå sina barn sen. Det är ett gott råd.

Pillar in den extrafeta morgonsnusen och gör lite rudimentär gymnastik medan vattnet kokar upp och rosten glöder. Bär in mjölken och glasen och O'boyen och frukten och brödet till soffbordet, varpå vi avnjuter ännu en berättelse om den lillgamla grisen Olivia, programledarens "klädrejs" och fåret Shaun. Och kvart i åtta är vi på väg.

Det är bara ett par hundra meter till skolan där jag lämnar min äldsta dotter vid ingången till mellanstadiet innan jag följer hennes lillasyster nerför backen till förskoleklassens barack. Ser till att hon får ytterkläderna och ryggsäcken och plastpåsen med gympakläder upphängda på krokarna under det lilla skåpet med hennes bild på väggen ovanför. Sen vidtar den vanliga hjärtskärande ritualen: kramen jag liksom får tillskansa mig medan hon hänger slapp och passiv som en trasdocka i armarna, och så gestikulerandet genom fönstren sen när hon följer mig så långt korridoren tillåter. Vi gör hjärtan med fingrarna, och blåser kyssar, och längst ner vid det sista korridorfönstret går jag upp i rabatten och andas på rutan och så ritar jag precis som hon förväntar sig det vanliga hjärtat i imman. Varpå vi sliter oss.

I backen upp stoppar jag händerna i byxfickorna och tänker - och det har nästan också blivit en del av ritualen - på hur få dessa dagar är. Det vill säga jag påminner mig om hur snart hon kommer att få för sig att skämmas lite eller mycket för dessa offentliga kärleksbetygelser, eller hur snart den där självklara affektionen hon känner för mig för att jag är hennes "pappa", för att det är jag som är den vuxne man av världens alla vuxna män som känner henne bäst och visar henne störst omtanke, kommer att grumlas av insikter om alla mina små och större tillkorta-kommanden, både vad gäller min relation till henne och direkt eller indirekt också min relation till mig själv. Eller hur man nu sämre ska kunna uttrycka det... Sen ruskar jag på skallen och sträcker på stegen.

Eftersom jag föresatt mig att varje dag få nån slags om än bristfällig motion före frukost och de många stillasittande timmarna vid skrivbordet i sovrummet så tar jag vägen bort runt den stängda pizzerian i Skönstaholm och hemåt igen via hästhagarna vid Starrmyran och den morgonöde parkleken där, det är inte särskilt många hundra meters omväg men ger i alla fall illusionen av att jag bekymrar mig om min hälsa.

Utanför Majids närköp mitt emot vår lägenhet är Inger redan på plats, kvarterets konstant. Står och röker, väntar på att Majid ska öppna så att hon kan gå in och hämta sin java, sätta sig vid de regnblöta borden utanför, blåsa och sörpla, tända en tagg till.

Och jag har väl mina egna mönster. Sätter på vattnet igen. Går på toaletten och tvättar händerna igen. Tvingar ner en banan igen, om det finns nån, eller sveper en sån liten kolhydrat- och vitaminshot som min fru brukar köpa i sexpack sen äldsta dottern - som inte alltid äter som hon borde - visade uppskattning för dem.

Bär in kaffet till skrivbordet som står inklämt innanför sängen i sovrummet. Stänger fönstret som jag ställde upp några vädrande centimeter när jag gick ur sängen. Tänder lampan. Fäller en av persiennerna för att slippa se och ses av Inger och de andra närbutikshängarna under dagen.

Och öppnar datorn.

Det vita landskapet utanför den delen av fönstret där jag håller persiennen upphissad till hälften. Bullerplanket där borta som de byggde första hösten vi bodde här, innan de satte igång med de eländiga stambytena. Trafiken som rusar förbi på Örbyleden i attacker reglerade av rödljusen borta vid tunnelbanan och de nere vid Nynäsleden. De avlövade björkarna vid kanten av Gubbängsfältet – sommartid ser man inte över till Gubbängen men nu vintertid är det bara som ett svart spretande mönster mot fonden av engelska skolan och den igenmulade himlen.

Jag går in på hotmail, för att få det avklarat.

Raderar en del skräppost oöppnad innan jag noterar två beställningar på korsord, fiskar upp ett papper och kopierar uppgifterna om storlek, tävlingsord, löpnummer och deadline. Klickar över till dokumentet där jag håller reda på beställda respektive levererade och betalda jobb, för in de nya i den första kategorin. Sen går jag tillbaks till hotmail och öppnar mailet från F i Trollhättan.

Gott om snö där också, framgår det. Han hade tillbringat några timmar med att rensa garagenedfarten när plogbilen drog förbi och så att säga spolade tillbaks bandet till början, men försökte tappert se motionsaspekten i det hela. Varpå han berättar att han träffat min mor på gatan, hon var väl på väg till Ica och stannade så att de kunde utbyta de där fraserna man brukar utbyta med bekantas bekanta eller vänners släktingar.

Och hon hade bett honom meddela mig att min far var på upphällningen, skrev han. Det verkade inte som att det var mycket kvar av honom och hon tyckte att jag borde få veta.

* * *

Det är slutet av september två och ett halvt år senare och jag samlar mig fortfarande, letar ännu efter språket, strategin, ingången. Letar kanske till och med efter det jag vill berätta, för jag vet att jag vill, vet att jag måste, men inte riktigt vad. Och det är faktiskt alldeles logiskt: vore jag klar över vad detta handlar om så kunde jag kanske bespara mig besväret.

Vi bytte rum med ungarna för nåt år sen så nu står mitt skrivbord mot fönstret på andra sidan av den här k-märkta gamla hyreskasernen i östra Hökis. Rummet är mindre och jag måste gå över sängen för att komma hit men både utsikten och ljuset är bättre. En klent trafikerad gångväg under gulnande lövmassor. Feta stillsamma lönnar som skymmer himlen något mindre för var dag - där singlar ännu ett löv, biter försiktigt i gräset.

Och med det sträcker jag mig efter munspelet i fönstret, kontrollerar att "Camptown ladies" och introt till "Badlands" fortfarande sitter.

Uppriktighet är hårt jobb men ser inte alltid ut så. Det blir inte många meningar om dagen men de kostar på. Alla dessa preludier och undanflykter: diskandet och vattnandet av blommorna och upphängandet av små kläder, plockandet av petshopfigurer och legobitar och mystiskt söndersaxade tjejtidningar ur mattorna, och ordnandet av pappren på skrivbordet, läsandet av andras böcker (Bolaños skönt obegripliga dikter nu, och Deon Meyer och "Det mest förbjudna"). Som om jag var rädd för min egen och på ett sätt är jag kanske det. Ett tag får jag tillochmed för mig att samla på tittade Chaplinfilmer på youtube, de tidiga åren hos Keystone och Essanay när han gjorde typ en kortfilm i veckan (i ett självpeppande försök att göra människa av geniet, och se hur även den störste famlade och misslyckades i början?), och minsta lilla tryck i blåsan föranleder tacksamt toalettbesök. Givetvis går även korsorden före skrivandet, oavsett deadline.

Och nu går jag och kokar kaffe igen.

* * *

Det är det första jag hört om eller av mina föräldrar på kanske fem år, att min far var sjuk är en nyhet.

Detta om detta, skriver F och jag är tvungen att gå en sväng i den öde lägenheten, blir stående till slut i köket, lutad mot köksbordet, med blicken flackande genom grenverket utanför fönstret.

Tänker han alltså hellre dö än höra av sig? Eller kan han inte, är det redan försent? Menar de att det är upp till mig nu, som de i och för sig alltid gjort?

Jag går in i sovrummet igen och sätter mig vid mailet, men inga vettiga tankar anmäler sig. Min far har tydligen varit dålig en längre tid utan att jag meddelats och det är inget som förvånar, tvärtom stämmer det ganska väl med den bild jag har.

Rädslan, och dess kamouflage av stoiskt lidande.

Reser mig igen men blir stående med känslorna rusande efter begripliga tankar.

Att vi är där nu, efter alla år av tystnad. Framme vid korsningen. Min far ska dö.

Jag går ut och slår en lov runt Gubbängsfältet, alldeles ensam på den enorma vita vidden. En stig som ett djupt dike genom snön snett ner mot Engelska Skolan, där KomVux och SFI huserade på den tiden jag bodde i Gubbängen. Men jag pulsar över mot Gubbängsskolan istället, stampar av snön när jag kommer ut på den grusade slingan, fortsätter förbi cykelställen i den lilla allén och över de målade hopphagarna i den djupfrysta asfalten, ut igen på andra sidan.

Snett över Gubbängsvägen, in genom parkleken där och de obegripliga orden – "upphällningen", "döende" – är över mig igen och jag ökar takten, driver upp pulsen.

På andra sidan dungen leder några granitsteg upp till Lingvägen och jag tar höger där och följer trottoaren ner mot hjärtat av egnahemsbebyggelsen i Tallkrogen. Överallt söker jag liksom mig själv förutan minnen och associationer att häkta fast de irrande tankarna vid. Tittar exempelvis efter det där huset mellan tunnelbanan och rondellen som jag i tidernas begynnelse besökte i avsikt att hyra rum. Men det är inte bara väldigt länge sen, kåkarna är dessutom snarlika.

Tallkrogen är en sovstad redan kvällstid, om dagen är den alldeles avliden. Bara tåget som var tionde minut eller så mullrar över spårviadukten och försvinner i slyskogen vittnar om mänskligt liv. Mitt i vintern är det också märkvärdigt tyst.

Jag knarrar över den packade snön, rakt igenom tystnaden, flåsar lite för att luckra upp den, snyter mig med tummen tryckt mot näsan. Tänker på min far ändå, försöker föreställa mig honom ihopmagrad och sängbunden men det är inte lätt. Tänker att på rak arm kan jag inte minnas att jag sett honom sängliggande sen nån tidig födelsedagsmorgon på Fårö – mitt i någon av somrarna där i skarven mellan sexti- och sjuttital, min mor och min bror och jag tassande uppför den röda trätrappan, tisslande och tasslande med kaffebricka och presenter, öppningen mot morgondunklet innanför de fördragna men tunna ljusa gardinerna på södra kammaren, öppningen av Jamåhanleva. Ja, där kan jag se honom, men det är ändå inte han – det är en bara ungefär fyrtiårig man som låtsas vakna, som fipplar på sig de där stora glasögonen med de tjocka svarta bågarna som han hade då, som viker ner täcket och blottar den i backspegeln egendomligt rörande pyjamasjackan. Det är en ännu nästan mörkhårig småbarnsfar som inte vet nånting om att ligga och dö utan kontakt med sin yngste son.

I backen upp mot Herrhagsvägen försöker jag så återkalla en redaktör på FibK som i början av nittitalet bodde halvvägs mellan Svedmyra och Gubbängen. Jag besökte honom där ett par gånger för att diskutera dokumentationen på en del uppgifter i mitt långa reportage från Sydafrika. Det handlade om statistik på rån, våldtäkter och mord i det som vid den tiden gällde för planetens våldsammaste ej krigförande stat och eftersom internet fortfarande var något man sysslade med att utveckla på de tekniska universiteten så rotade jag i buntarna med hemsläpade Argus och Cape Times och The South, tror till och med att jag hade sparat ett par ex av den för mig oläsbara Die Burger. Hittade dock inte siffrorna jag citerat, var nere på ANC:s kontor i Vasastan för att få dem verifierade men fick ge mig till slut och texten publicerades aldrig.

Lufsar vidare, lugnare nu, påmind om allt obetalt arbete jag utfört. Tretti års skrivande, all inspiration, all transpiration, och för vad? Alla dessa fladdriga romaner, dikter, noveller och reseskildringar, vilken var nyttan? Måste återigen grimasera åt mig själv eftersom frågan är fullständigt meningslös och framförallt helt fel ställd.

Nytta?

Jag hade aldrig nåt val över huvud taget, tänker jag när jag sneddar över mot infarten till Bordsvägen. Man väljer såklart inte att bli författare – man inser bara att det på gott och ont är vad man är, och handlar därefter.

* * *

Ensam i natten i min frus intressanta däckformade klarblå fåtölj, med datorn i knät och hamsterflickan Alice gnisslande sina kilometrar i hjulet i buren på golvet nedanför bokhyllan medan resten av familjen vilar inför arbetsveckan, tänker jag att texten redan håller på att spåra ur.

Den är för mycket, är för splittrad och rapsodisk. Den hoppar fram och tillbaks och hit och dit och blir för otydlig, jag vet inte ens om det är läsbart.

Sen, detvillsäga just nu, tänker jag att det är ju ändå så det är - otydligheten är fundamental, luddigheten och suddigheten dominerar ju faktiskt ständigt våra liv. Ingenting är nånsin säkert eller alldeles begripligt, oavsett åt vilket håll i tiden man vänder blicken, så varför inte lika gärna illustrera det?

Hur tanken evigt sveper runt som ett fyrljus över havet i natten, studsande mot ytan och de låga svarta molnen utan att nånsin komma igenom.

* * *

Jag vill inte dröja för länge vid det som varit, vill egentligen bara röra mig framåt och vidare, successivt öka farten, känna hur svetten växer fram under dunjackan. Antar att jag vill få tid mellan mig och det där mailet men det är svårt att värja sig för de oväntade bilder som kommer för mig utanför Bordsvägen 12.

Min far har inte varit någon särskilt flitig gäst i någon av de många lägenheter jag bebott sen jag flyttade hemifrån för tretti år sen och han har aldrig kommit ensam men nu ser jag honom plötsligt där utanför porten när vi baxar in min gamla elorgel, vad skulle jag med den till?

Jag gick – inspirerad av Chris Montez, faktiskt – och spelade elorgel för en tokig italienare i en lokal i Arkaden i Trollhättan ett par terminer på sjuttitalet, mina föräldrar köpte efter visst tjat en som jag kunde träna på, baspedaler och dubbla tangentrader och ett femtontal ljud att välja på och inbyggda trumrytmer man kunde slå av och på med högerfoten och allt det där som var så magiskt långt innan syntarna. Tjugo år senare, mitt i en utdragen plågsam separation, varslade de om besök och jag bad dem ta med elorgeln. Får ingen ordning på det nu.

Får ingen ordning på det men ser hur min far backar in först medan jag får gå framlänges och min mor håller upp ytterdörren. Och det är bara den bilden, jag minns inget

31

mer av det besöket. Det ryggvärkande bändandet genom ytterdörren, de kanske tio trappstegen upp till första avsatsen, den trippande svängen in i lägenheten, och det är allt. Jag kan inte ens erinra mig var orgeln sedan stod, inte fan hade jag nån orgel i den där lägenheten?

Vet att min mor långt senare i nåt brev eller mail anförde historien med den upptransporterade elorgeln som ett bevis på min fars omsorg, att det var med såna gester han visade ömhet, att orden aldrig varit hans språk och att jag inte borde lyssna mig döv efter dem. Och visst måste orgeln ha varit där fast jag inte kan se den nån annanstans än just i hans valkiga nävar, ute i trappan – för jag vet att den följde med när jag flyttade in till stan ett par år senare, den stod mot väggen mellan hallen och köket i den lilla ettan på Maria Trappgränd ett år eller två innan jag lämnade även den bostaden och min bror fick komma upp med hyrsläpet från Hammarö och hämta det otympliga instrumentet till sina döttrar.

Men som sagt, Gubbängen förknippar jag mindre med musik än med höjda röster, smällande dörrar, brutalt fallande tystnad plötsligt, stegen av min första hustru som avlägsnar sig utför trappan, utför åren.

Fortsätter uppför Bordsvägen, som inte riktigt står att känna igen. Det var mycket renoveringsarbeten här på min tid, byggnadsställningar och containrar, kranar, lastbilar som pep omkring baklänges. Minns att jag brukade fälla persiennerna för att inte byggnadsarbetarna skulle se mig sitta där och kvida i min plötsliga ensamhet (eller se hur jag låg och pillade på mig själv, full av brutala fantasier om min förlupna livskamrat). Även min lilla tvåa fixades för övrigt till; jag hade just tagit en inneboende när det aviserades att lägenheten måste tömmas under några veckor så jag och den där underlige österrikaren med den toviga halvflinten och de evigt mogna finnarna flyttade upp till en ersättningslägenhet ovanpå Iron Gym runt hörnet. Han var väldigt sällskaplig men inte särskilt underhållande och själv var jag bara intresserad av pengarna till den ständigt försenade hyran. Han hade ingen teve men tog för givet att han kunde titta på min, det var faktiskt något av en fasa. Rätt som det var kom han in i vardagsrummet, där jag alltså hade min säng och mina grejer, och slog sig ner i en av fåtöljerna. Och jag tror att jag till slut gjorde ganska klart vad som gällde men att det som vanligt dröjde – eftersom min konfrontationsångest är av det slaget att irritationen får växa till sig tills den självutlöser alldeles okontrollerat. Vilket i allmänhet förstås är mindre lyckat och säkert också en av anledningarna till de problem jag haft med mina föräldrar. Jag kan helt enkelt och jättesvårt inte säga nej eller ens nja, men däremot ganska vältaligt be att dra åt helvete.

Byter trottoar på krönet eftersom det bara är sandat på ena sidan, och koncentrerar mig på att undvika isfläckar med mina nötta postkängor. Och tanken vickar och kränger.

* * *

Men nej, orkar inte ner i det där igen.

Det är om min far jag vill skriva, en sista gång för alla. Det är om skuggorna, de jag inte kan greppa, de jag fullt logiskt misslyckats med att gestalta så många gånger förr. Nu skulle jag åtminstone hjälpligt vilja ringa in dem.

Grotta inte ner dig i misärerna, förlora dig inte i vackert förlorande nu igen - det är gjort, det är avklarat.

Men öka takten, se vad som händer.

Låt minnesbilderna blixtra på minnesbilders vis - plötsliga, oplanerade, omöjliga att hålla kvar och helt begripa.

Låt aningen flöda.

* * *

Vid slutet av Bordsvägen löper Majrovägen från centrum av Gubbängen upp mot idrottsplatsen där Hammarbys speedwaylag sprutar kolstybb om sommarsäsongerna och områdets knattar kasar omkring på insidan av skridskorna under vintern, detvillsäga nu. Jag svänger in i skogen ovanför Tennishallen och gör en mental notering om att jag borde ta hit mina egna tjejer igen till helgen.

En bit ner i skogen grenar sig cykelvägen och jag fortsätter på viadukten ut över leden med ett plötsligt lugn, som om det redan sjunkit in nu.

Hon tyckte att du borde få veta.

Gentilt, tänker jag innan jag hinner parera. Sen: och vad tycker han själv?

Småvägarna i västra Hökarängen är behagligt småsvåra att hålla reda på, jag går inte sällan lite lagom vilse men styr på känn ner mot centrum.

Utanför Matdags står en tant i huckle och säljer frusna och lite deppiga tulpaner och intill den snöfyllda fontänen har dvd-mannen som jag brukar handla av ibland – fyra för en hundring – smällt upp sitt ihopfällbara bord men jag har inga pengar på mig och fortsätter förbi.

Utan att ha bestämt mig för det tar jag omvägen upp över södra ingången till tunnelbanan, går genom tunneln under Lingvägen, tvekar nån sekund om vägvalet sen men styr vänster upp på berget via den mjukt buktande Russinvägen.

Tankarna rusar, som alltid när man fått upp farten på blodgenomströmningen, bångstyriga och svårgreppade, glasklara men flyende, retsamma. De gör lång näsa och springer i ganska barnsliga cirklar, mina tankar, ändå alltid varma i ögonen.

Snöhögarna tvingar ut mig i gatan men det är en gata utan trafik och jag är snart uppe på toppen. Där öppnar sig ett lågt skyddsräcke mot en nödtorftigt plogad promenadväg ner mot det så kallade veckodagsområdet där vi bor men jag får plötsligt lust att pulsa rakt genom skogen och står liksom utan egen förskyllan efter ett par minuter mitt inne i ett snårigt parti tretti meter vid sidan av stigen, med snö upp till ljumskarna.

Det oregelbundna rutmönstret av de kala buskagen och grenverken omkring mig som en precis lagom genomtränglig mur mellan mig och allt annat.

Hör hur hjärtat slår, och det är inte varje dag nu för tiden.

Vet inte hur länge jag står alldeles stilla inne i snödrivan, det är förmodligen inte många minuter även om det känns så. Sakta sipprar kylan igenom sulorna och ovanlädret på skorna, sakta sjunker jag ändå tillbaks in i nåt jag känner igen.

Den gamla distansen, på gott och ont, den jag från början aldrig ville ha men var tvungen att anamma. Suget efter att jobba, skriva, lägga tid och poesi över all omöjlighet, för att överhuvudtaget kunna se nånting, för att åtminstone kunna ana vad det är som händer.

* * *

Jag fick ett mail om att min far var döende, och fast jag inte hade sett honom på närmare ett decennium är det klart att det rörde mig. Jag tror att jag önskade att min fru varit hemma, det var väl henne jag ville prata med. Jag tror inte att jag skrev nånting den dagen men förmodligen jobbade jag, det är ju en beprövad strategi i dylika lägen. Jag tror att jag satt vid skrivbordet eller möjligen vid det stora furubordet i köket och korsade ord, det ena efter det andra. Sammanbitet.

Mailet jag skrev till min mor kan ha tillkommit ganska omgående men jag skickade det knappast förrän dagen därpå eller tidigast samma kväll.

Jag har inte kvar det eftersom jag rensade mappen med skickade mail för nåt år sedan men tror att jag skrev att jag var ledsen över nyheterna och i övrigt inte visste riktigt vad jag skulle säga. Och jag vet att jag föreslog att min fru kunde komma ner med barnen, om någon ville träffa dem. Detta kunde möjligen tolkas provokativt men det var inte min mening. Tanken var väl bara att om min far var döende utan att detta föranledde honom att själv be mig komma så fanns det inte mycket mer jag kunde erbjuda. Det var ju trots allt just denna envisa vägran att kommunicera som allting alltid handlat om, och det visste de bägge två om de läst mina många brev i ärendet när det begav sig, när jag fortfarande skickade såna, när jag ännu trodde att de kunde påverka och ändra nånting. Min far hade aldrig talat med mig, och bara svarat högst ovilligt och undvikande om jag tilltalat honom direkt. Inte ett enda brev under hela mitt liv, ett eller två allmänt hållna vykort bara när jag var barn och han befann sig på nån annan kontinent i jobbet, provkörande den ena eller andra kommande SAAB-modellen genom passen i

Colorado, över Wyomings kullar. Inte ett enda telefonsamtal sen jag flyttade hemifrån som artonåring tretti år tidigare. Vad kunde jag göra nu, mer än puffa lite lätt på honom ifallatt, i ett medvetet fåfängt hopp om att slutgiltigheten i situationen ändå skulle få honom att förstå nåt han inte förstått tidigare.

Antar att det var just den där slutgiltigheten jag själv betänkte där vid mitt arbete – döden, det stängda valvet, den avbrutna och bortslängda nyckeln. Ändå var ju tanken knappast ny; den hade varit av avgörande betydelse redan när jag lämnat min sydafrikanska exil nästan tjugo år tidigare. Han hade varit så märkvärdigt öppen de där veckorna under deras besök i Kapstaden och jag ville ha mer av det innan det var för sent, men mer om det fiaskot längre fram.

Och efter att kontakten helt avbröts mitt i nittonhundratalets allra sista år hade möjligheten av min fars plötsliga sjukdom och död förstås legat som en vag oro i bakhuvudet mest hela tiden, gjort sig påmind på ett eller annat vis så gott som dagligen. Jag var van vid den, på samma sätt som vi alla accepterar och lär oss bortse från vetskapen om att slaganfallet eller rattfyllot kan komma runt kröken vilken minut som helst.

Men nu skulle han dö, den meningens totala omöjlighet till trots. Och det är ändå skillnad på att inte ha nån kontakt med sin far och på att aldrig någonsin igen kunna ha det.

En tvetydig blick, en känslosam ryckning i ansiktet, en knappt märkbar nick av erkännande.

Ett enda ord bara, ett första och sista, eller ett halvt.

* * *

När min fru kommer hem är hon barnens en god stund, så är det bara. Det brukar ta några minuter för henne att få av sig ytterkläderna mellan kramarna och de ljuvligt babbliga redogörelserna för dagens skandaler och sensationer, förhoppningar och farhågor. Och vid närmare eftertanke har vi inte stor möjlighet att tala ostört med varandra innan de gått och lagt sig fyra eller fem timmar senare men jag nämner i alla fall mailet i köket sen när de små för ett ögonblick retirerat till Bolibompa-soffan.

"Vad känner du?" Hon ser bekymrat på mig och stannar upp i donandet med kastrullen och den halvdöda gaständaren.

"Det är lugnt, eller... jag har ju varit inställd i tie år på att jag inte kommer att träffa honom igen."

"Jo, men ändå..."

Jag känner omedelbart att jag av någon anledning inte klarar den här försiktigheten, det här hänsynsfulla tassandet kring redan länge kall och stelnad gröt.

"Ska jag va ärlig så har han ju aldrig varit riktigt levande för mig, och han dog definitivt för nästan ett decennium sen. Förra seklet, förra årtusendet."

"Jo, men är det inte bara som du säger, eller vill att det ska va?"

"Klart jag inte vill att det ska va så! Det var ju precis det som allt handlade om, att jag inte klarar av låtsasrelationer. Det får va på riktigt eller inte alls. Men det är ju flera år sen nu som det sjönk in, jag har verkligen accepterat det och tänker inte må dåligt en gång till."

"Nä…"

"Det är inte mitt fel."

"Nä."

"Jag har gjort vad jag kunnat, och lite eller ganska mycket till."

"Ja."

Sätter mig ner på en av de fransiga van Gogh-stolarna runt köksbordet och drar till mig en tidning men inser att jag inte gärna kan låtsas intressera mig för den just nu heller. Hon återgår om än tveksamt till potatisskalandet och jag reser mig och säger att jag kan göra det där. Hon överlåter skalaren och en halvnaken potatis och jag karvar igång medan hon böjer sig ner för att rycka i de frostiga plastlådorna i frysen. Och sen är barnen där, och allt annat stänger av.

Det levande köket, det var nåt jag aldrig visste att jag saknade som barn och det blir väl bara fånigt om jag påstår att jag önskat att mina föräldrar delegerat mig morotsskivning och smetvispning när jag vet att jag hellre hölls på rummet med legot och böckerna eller i valfri hemlig glänta i de många buskagen runtom på området men ändå. Det fanns ju anledningar till det.

Ett levande kök, ett sånt man läser ibland eller ser på bio i nån av de mer nostalgiska barndomsskildringarna av nån av de mer ihophållna och harmoniska filmskaparna. Långkok och P1, krasse i fönstret, en ständig liksom dimma av ångor och matos över högar med flottiga dagstidningar och övertäckta surdegar. Ett levande kök, det var vad jag önskade mina barn innan jag ens hade några.

Köket i mitt föräldrahem var ombonat nog men levde knappast, inte ens om jularna trots röda gardiner och litet änglaspel. Det kunde puttra om bryggaren och la man örat intill transistorn gick det säkert att urskilja nånting men det var alltid som om det gemyt som uppstod liksom anbefallits, som om det inställt sig på order, lätt grymtande. Det gick inte att slappna av över de små smörgåsbrickorna, med armarna fastklibbade mot den blänkande vaxduken. Ordningen var alltid överordnad i det där köket, det fanns inte tillräckligt med hjärta att styra upp den goda viljan, det var faktiskt en anti-smulterror av Fans nåde.

Ett hem kan visst vara en borg men ett kök måste andas och sträcka på sig, måste tillåta sig att släppa masken, och väder om det skulle vara så. En köksdörr ska stå öppen, om man nu inte burit ner den i källaren med en gång. Röster ska brytas över ett köksbord som vet sin plats i hierarkin; köksbordet får aldrig bli det som bestämmer, det som man ska vara rädd om. Själv körde jag hem vårt med postbilen en lunchrast – från Myrorna i Ropsten genom Lilljansskogen och Frescati och Roslags- och Norrtull till Virebergsvägen i Solna där vi bodde då ett par år i andra hand, en stabil furukoloss för åtta-hundra som nog tål att repas ett par generationer till.

Repor är inte farliga, repor är vackra, är ett slags intui-tivt hantverk, repor är ständigt uppdaterad vardagskonst.

Jag vet nu inte hur vi lyckats med att gjuta liv i våra kök under de här tio åren som barnen varit med oss, det får väl de vittna om vad det lider, men vi har försökt. Under de fem åren i Jordbro var det i alla fall full rulle, gårdens alla ungar strömmande och böljande in och ut hela efter-middagarna och långt in på kvällarna, vår lägenhet var ett öppet hus. Barn man aldrig sett förut kunde plötsligt stå med kylskåpsdörren öppen och kontemplera inne-hållet. När jag försökte att inte låtsas om min födelse-dag sprang ungarna ut och trummade ihop ett femtontal kompisar som inställde sig en kvart senare med improvi-serade presenter och jättefina teckningar och prydligaste kalaskläderna – i sanning en upplevelse att bära med sig in i ålderdomen. Och det fanns ju plats, största kök jag haft, största kök jag kommer att ha, med jättelika fönster ut över den väl tilltagna balkongen mot lekplatsen och den kringbyggda gården och naturreservatet där bakom, det var verkligen en idealisk boplats när barnen var små. Gott om vuxna gäster också och åsikter och erfarenheter från Jordens alla hörn så som det är i kranskommunerna men vardagsrummet var i princip helt överflödigt, det var i köket vi levde och verkade, tillochmed stereon och en god del av böckerna stod där.

Jag hade också en del modeller för detta som tonåring, det fanns just såna kök att fly till i vänkretsen och de låg alltid i stadens mindre bemedlade delar, små men intensivt pulserande kök i ruffigt övermöblerade men trevliga tvåor på Hjortmossen eller Kronogården där tallriken ställdes fram innan man var tillfrågad, som en självklarhet, och en burk öl eller fyra på det om det var helg.

Vad gäller min fru så växte hon till skillnad från mig upp med ett sånt levande, svettande och gastande kök, det var på landet i södra Chile och precis halvvägs mellan kusten och stan varför resenärer ramlade in mest varje dag eller för den delen mitt i natten för en tallrik soppa och en madrass, så för henne är och förblir köket en mötesplats. Att på svenskt manér stänga köket, låsa ytterdörren, anträffas endast enligt överenskommelse på telefon – så kan vi inte ha det, så ska inte barnen växa upp. Privatliv är en sak, isolering en annan.

Ändå har väl Hökarängen sett umgänget tunnas ut en del de sista åren, vi känner inte lika många här, det är en svenskare förort och därmed svårare att komma åt. Och köket är mindre, för att inte säga pyttigt, med täta grenverk just utanför det enda fönstret – men kanske kommer vi i gengäld närmare varann? Det är svårt att säga, barnen är större nu, datorspel och sociala medier har sina snaror runt dem och de sitter inte särskilt mycket längre vid köksbordet än vad själva ätandet kräver. Om de inte rent av tjatar med sig tallrikarna in till tevesoffan.

Idag äter vi ändå i köket: rårakor, stekt fläsk, rivna morötter. Jag bryter upp några iskuber till saften och min äldsta dotter berättar en lång och osammanhängande historia ur livet som jag i min okoncentration knappt begriper nånting av. Mer än att den tydligen är rolig, så jag ler brett när hon avslutat. Sen hittar hennes lillasyster inspiration och fyrar av fem snabba Bellmanhistorier innan de hastigt och lustigt är försvunna igen.

Och S skjuter undan tallriken, lutar sig framåt med armbågarna på bordet, lägger sina händer över mina och ser mig i ögonen, och vet att det egentligen räcker så.

Den tidsinställda fläkten stänger av med sin vanliga galna smäll och jag hoppar till och inser att nerverna ändå är ganska spända. Hon rör sig för sin del inte ur fläcken men ler med lyftade ögonbryn, och jag ler tillbaks.

* * *

Men vilken tröghet det är i det jag skriver nu, det är som att det inte vill. Orden kryper undan, leker gömme, jag går runt här i lägenheten och öppnar dörrar efter dem och det står väl inte på innan jag faller ner på knä och kikar under sängarna. Eller om det inte så mycket är orden eller uppslagen som felas mig, men kraften att förstå hur de hänger ihop. Det blir mest sladdriga stolpar till en stadigt växande slags innehållsförteckning, eller vagt anande utflutenheter som denna:

Ser plötsligt den äldre lätt distingerade intendenten på Strindbergsmuseet i Blå tornet framför mig, han som tog den trettonårige stamgästen under sin ena vinge. Vi satt på varsin sida av ett enormt belamrat skrivbord på kontoret innanför utställningslokalerna och diskuterade min idé att skriva en sorts dokumentär roman om Strindbergs vänskap och samarbete och slutliga brytning med Carl Larsson. Han tyckte det var en utmärkt idé och vi brevväxlade mellan mina Stockholmsbesök, han hade en väldigt vacker men svårtydd stil som jag ansträngde mig att kopiera.

Min besatthet av Strindberg under de där åren är märklig förstås för vad kan jag rimligen ha begripit av det han skrev om?

Antar att det handlade om aningar, en växande känsla av förutbestämmelse. Jag blev författare redan som femåring när min mor under en kurs i litteraturhistoria på Hermods för en tid ägnade större uppmärksamhet åt Almqvist och Zola än åt mig, och det gick aldrig riktigt ur sen trots alla faser och besattheter barndomen och puberteten skulle bjuda på. Det var jag och den gamla Haldan mot världen innan jag ens upptäckt mellanstegaren, och Strindberg var trots allt den mest potente rollmodell mitt språk hade att erbjuda.

Och just som bilden av Harald, intendenten, fladdrat förbi i medvetandet så inställer sig den av Erik och det känns i och för sig ganska logiskt nu trots att jag aldrig kopplat dem samman tidigare.

Jag tror att Erik var separerad eller änkling och hursomhelst bodde han med nåt tusental författare och poeter i en liten långsmal etta med kokvrå och sovalkov högst upp på vinden, stället var omedelbart hypnotiserande. Det var väl tummade böcker högt och lågt i långa rader längs väggarna, rörigt men städat och märkvärdigt inspirerande. Jag kunde se mig leva just så i framtiden, inte i Trollhättan kanske men i övrigt – lätt åldrande men envist levande, med utflugna ungar men all lusten och nyfikenheten i säkert förvar. Skrivande, fotograferande, resande hit och dit med lätt packning och tunga tankar, och med just en sån fast punkt under väl vald taknock att återvända till med fynd och rön.

Ytterligare nästan tre decennier senare är det väl i ärlighetens namn svårt att återkalla särskilt mycket av Erik men jag minns hur han bodde och jag minns vilket intryck han gjorde. Jag var tjugotvå och han kunde ha varit min far, ändå var det ett samtal mellan likar och jag var inte van vid det, faktum är väl just att det var första gången jag upplevde att generationsklyftan överbryggades hela vägen så att bron höll och bar – man kunde gå fram och tillbaks över gapet, man kunde hoppa jämfota på konstruktionen utan att det ens vibrerade. Intendenten på Strindbergsmuseet hade kanske varit en föraning om att sådant var möjligt men han var ännu mycket äldre än Erik och jag var för min del bara ett barn så någon intellektuell jämlikhet var det förstås inte frågan om då, det var bara en lillgammal parvel som fick en smula oväntad respekt för sin antydda potential av en man som möjligen mindes och kände igen sig. Erik var en helt annan femma.

"Jag har läst hela samlingen flera gånger nu och tycker att det är fantastiskt bra, och inte bara för att du är så pass ung som du ju är."

"Ja?"

"Jag tycker absolut att vi ska göra ett uppslag med några av de bästa, och så läser jag otroligt gärna om du har nånting mer undanstoppat. Men kom in, vi kan sitta här borta, vill du ha te? Kaffe? Vi har så mycket att prata om!"

Eriks lilla tidskrift med en upplaga som knappast översteg fem tusen ex skulle under ett par år publicera både dikter och noveller och ett utdrag ur en roman av mig och ibland var det ganska tjusigt illustrerat av lokala storheter och visst var det häftigt att se sina alster i tryck, oavsett forum och spridning, men det var ändå kontakten med Erik som var grejen. Ingenjör i grunden, precis som min far, men med ett intresse för litteraturen som aldrig riktigt funnits därhemma även om min mor plöjde en del klassiker och bland annat försvann i GULAG-arkipelagen under ett par år innan hon nånstans mot slutet av sjuttitalet retirerade till "Grottbjörnens folk" och Margit Sandemo och sånt (min far läste på sin höjd nån Alistair MacLean om året så jag hittade aldrig särskilt mycket till ingång där). Det där igenkännandet av en talang som Erik erkände att han gärna velat ha själv men i stället lärt sig att uppskatta hos andra, man blev inte ens mallig av det men alldeles tvärtom, varm och lite generad bara.

Och jag förflyttas som så ofta till den där första egna kvarten vid Kanaltorget och bilden av den stilfullt undernärde midnattspoeten vid det stearinstänkta tobaksflagiga bordet där. Så lite han visste och kunde veta, så mycket han anade men utan att få något vettigt grepp om det. Den glåmiga hösten som silade in mellan nikotingula gardiner, pålslagandet på andra sidan gatan, det var servicehuset Strömkarlsgården som stod i begrepp att bli till och som skymde lite mer av den rökstrimmiga Stallbackahimlen där bortom torget för varje vecka. Rafsandet i skokartongen på bordet, dansmusen Folke, en inflyttningspresent. Trampandet i trappan när den lokala RFSL-föreningen samlades för möte i sin lokal på övervåningen. Värdens bisarra timslånga slangspolanden av grusplanen utanför sovrumsfönstret, det var nån sorts terapi han ägnade sig åt mest varje förmiddag. Och så den lika outgrundliga som fullständigt oemotståndliga drift att skriva som det skulle ta sån tid att få ordning på, i den mån jag nånsin fått det.

Författarna, det var helt enkelt och jättesvårt till dem man fick vända sig. Jag ser att det ligger en mjuk och skevande "Vinter i paradiset" i dunklet inne på nattduksbordet, tänk vad den ställde till med. Styrkan i de där igenkännande blickarna, om upphovsmännen än varit döda i decennier.

Och lusten och kraften som paradoxalt växte ur hungern och svagheten, ur saknaden och ovissheten; när jag rotar fram och generat bläddrar genom manuset jag skrev vid det där bordet innanför de där gardinerna långt där borta på andra sidan av alla de där åren så ser jag ju att jag åtminstone fick till titeln.

"Förvirringen", jag skriver den som synes fortfarande.

Natt i Hökarängen igen och en tilltagande sveda i halsen samtidigt som slemmet bubblar upp och täpper undan andningen så att jag emellanåt måste harkla mig och spotta i soporna. Dricker kamomillte och knaprar Fishermans och suger på snusen och den torra vintern tiger utanför fönstret i köket dit jag åter flyttat sen nån halvtimme eftersom resten av familjen gått in i dvalan och det känns som att det kan vara feber och smärre däckning på ingång, känns som att jag kan komma att missa ett par dagars arbete, fan också.

Ett rent frenetiskt gnisslande av hamstern i hjulet här men jag har vant mig, försvinner liksom i det, hittar koncentrationen där inne i decibelen där åtminstone inga grannar hörs dona vid sina diskbänkar och inga racerförare brusar in från Örbyleden heller. Hamstern är bra, Alice är min musa.

Och jag skriver igen, innan jag faller omkull:

* * *

Februari går åt utan att jag tänker mer än sporadiskt på min far. Eller om det ligger där, latent, standby, medan jag går igenom rörelserna. Jag har ett jobb att sköta, korsord att konstruera, barn att hålla mig på tå. Jag har även mina manus, bland annat en dröse bilderbokstexter som jag med viss framgång försöker hitta hågade illustratörer till på nätet. Jag har mitt liv som det är och blivit, filmerna, böckerna, de bisarra teveprogrammen, utvecklingssamtalen, körningarna av barnen till diverse kurser och möten här och där runt Söderort. En flaska rött på fredag, familjeutflykterna till Tyresta eller Dalarö om lördagarna, och till Farstabadet om söndagarna. Jag har bloggen och jag har facebook som säkert tar för mycket tid trots att jag verkligen försökt minimera antalet aktiva kontakter där och jag har såklart och framför allt min fru så det är kanske bara naturligt att den där tjurige mannen jag inte träffat sen föregående millennium hamnar lite utanför fokus.

Vet ju inte heller hur sjuk han är, vet inte i vad han är sjuk, känner varken symptomen eller deras ursprung. Och det finns ingenting jag kan göra.

Jag får också mer och mer arbete under slutet av vintern och början av våren, headhuntas av nystartade korsordstidningar i Malmö och Stockholm samtidigt som de gamla uppdragsgivarna utvecklar verksamheten. Korsord verkar vara en bra bransch i kristider, ett relativt billigt nöje antar jag medan sittningarna med de stora rutpappren vid skrivbordet innanför sovrumsfönstret blir allt längre. Under vissa perioder av rusch kan jag få jobba från åtta på morgonen till ett på natten för att möta deadlines men gör det trots allt hemifrån med alla de pauser jag själv unnar mig, utan det där kollegiala arbetsplatstjattret jag aldrig riktigt klarat av och utan chefer hängande över axeln. Låtlistan på Spotify bara, eller allt oftare tystnaden som åren med barnen alltmer lärt mig uppskatta.

Den globala uppvärmningen till trots är det en brutal vinter. Minst en dag i veckan får jag gräva ut bilen ur den ena eller andra meterhöga drivan, om så bara för att datumparkeringen kräver att jag flyttar på den. Det är kanske naturens trots allt följdriktiga hämnd för slentriangasandet? De slitna allrounddäcken underlättar inte, ej heller kånkandet av det köldkänsliga batteriet fram och tillbaks men jag försöker se träningsvärdet i det. Jag andas, benen bär, musklerna syrar, hjärtat musicerar...

Öronen hör, ögonen ser, bara såna saker.

I mars känns det lite bättre, det gör det ju alltid – dagarna blir längre och ljuset sträcker ut och jag känner för min del skillnaden starkt. Den skandinaviska vintern är inte hälsosam, det kan inte ha varit meningen att människor skulle bo här vintertid, jag tror hela halvön snarare var tänkt för sommarferier för folk på konti-nenten, och som malm- och virkesupplag kanske, och jaktmarker.

Och jag hör ingenting mer från Trollhättan men några dagar in i april är det som ett omärkligt skalv som jag inte ens känner men liksom registrerar undermedvetet. Går in på Trollhättans Tidnings hemsida, jag är nästan aldrig där eller jag är aldrig där, det står ingenting i den tidningen som angår mig längre men det är såklart dödsannonserna som kallar. Jag vet inte om de lägger ut dödsannonser på nätsidan men så är det ju. Jag är tvungen att dröja vid rubriken och samla mig, det är en slags obekräftad visshet som får fingrarna att darra när jag försiktigt scrollar ner. Hur det än varit vill man inte ramla för hastigt in i sin fars dödsannons, innan man ens underrättats om hans död. Så jag smyger fram annonserna, stannar och dröjer vid de toppande små symbolerna för att känna efter om det kan vara han innan jag fortsätter – fotbollarna, änglarna, solnedgångarna, blommorna, korsen förstås. Och plötsligt ligger den där längst ner på skärmen: den omisskännliga stiliserade siluetten av en SAAB 900. Och man kan tycka att det i SAAB-staden Trollhättan kan finnas fler som fått den idén men nä, det är han, det är den där siluetten jag väntat på och jag kan låta den första chocken sjunka ner en aning innan jag läser hans namn.

* * *

Ett par veckor efter att jag hittat min fars dödsannons i tidningen kommer ett brunt kuvert från min mor.

Ett fotografi av min far, hon har i tusch skrivit på baksidan att det är sista bilden hon tog innan han blev förlamad några timmar senare. Förlamad? Han sitter i en av trädgårdsstolarna på den stenlagda uteplatsen på Fårö och kikar mot kameran genom mörka glasögon och är sig ganska lik fast jag inte sett honom på så många år. Han har snickarbyxor på sig förstås och ser stabil ut, harmonisk, men vad vet man. På stenmuren intill ligger min mors röda solhatt och några av fossilerna vi samlat under decennierna. En av hans väldiga underarmar vilar mot armstödet i förgrunden, grov, lätt fräknig, täckt av tunna blonda fjun. Jag tror att han ler lite, men det är precis på gränsen. Grenar från plommonträdet bakom grillen han byggde nån gång på sjuttitalet skuggar över den vitmenade stenväggen i fonden. En del tjusiga röda och rosa blommor som jag inte vet vad de heter prunkar strax bakom ryggen på honom. Det är sommar och jag inser att han varit väldigt sjuk väldigt länge.

På en gul postitlapp meddelar min mor att hennes bästa vän, följeslagare, diskussionspartner och supporter mot sin vilja lämnat henne och att hon inte har mycket att se fram emot längre.

En fotostatkopia av dödsannonsen. "Min älskade Man, vår Far och Farfar..." Den lilla dikten där som jag antar att hon valt ur nån bok på Fonus kontor, eller på deras hemsida kanske. "Ett verksamt liv har slocknat ut, en flitig hand har domnat" – det är träffande nog för att jag ska bryta ihop men låter inte som något hon skulle ha skrivit själv, särskilt inte längre ner där han somnat i Guds hand. Min far, var det något han gjorde så var det ju att jobba men Gud hörde vi sällan talas om, jag tror inte att han tänkte eller kände i såna banor. Det var i arbetet han vilade, det var där han återhämtade sig från kaffepauserna. Jag släpper på tårarna och låter mig reagera utan inblandning eller analys och det tar en god stund innan jag kan samla mig till att titta på det dubbelvikta vita A4 som fullbordar försändelsen.

"Det här är inte det första brev till dig som jag påbörjat men förhoppningsvis blir detta också avslutat."

Det är förstås inte avslutat, men knäcker mig väl just därför helt.

"Din mor skrev till dig att jag var rädd för att göra detsamma, och det kanske man på ett sätt kan säga. Rädd för att inte kunna uttrycka mig tillräckligt neutralt för att undgå att du vrider och vänder på varje ord för att hitta något nytt att reagera på."

Det är inte mer än femton uppenbart oredigerade rader men det är de första jag fått, och det är de sista. Några fler kan aldrig komma.

"Jag kan inte tro annat än att du, trots allt du lastar mig för, ändå hellre vill lägga det bakom dig och återknyta relationen."

Jo så är det ju, så var det ju. Det var denna ansats jag väntade på hela tiden, farsan, det skrev jag ju redan för tio år sen.

"Vi måste inte falla i varandras armar för det."

Nej. Men varför inte?

Sen följer några meningar som gör mig alldeles bestört eftersom de är så onödiga och ovärdiga eller malplacerade, och samtidigt rörande. Han försöker övertyga mig och kanske sig själv om hur min bild av honom som timid enstöring är alldeles felaktig. Han skriver att han visserligen inte bildar centralpunkt i stora sällskap men att han alltid haft lätt att få vänner även om det varit i kretsar jag inte kommit i kontakt med. Han skriver att han var omtyckt av sina chefer och att han var en omtyckt chef själv fram tills han gick i pension. "Flera tekniker på andra konstruktionsenheter sökte för att bli förflyttade till min enhet för att min ledarstil uppskattades och våra arbetsresultat år efter år var bäst inom konstruktion."

Det är ett utkast förstås och jag vet att han aldrig skulle ha skickat det själv ens om han fullbordat det, så är det ju. Men han försökte, och det är mer än jag nånsin lyckats tro.

Min mor kommenterar att han aldrig blev nöjd med breven han skrev, och därför fick jag dem inte. Jag tänker att han ju heller aldrig kände adressaten, och därför inte förstod hur lite som i själva verket krävdes.

Jag kan uttrycka mig, jag har ordet i min makt men alla har ju inte det – är det bara att jag inte kunnat se denna enkla sanning som ställt till det för oss?

Lägger ifrån mig brevet och plockar upp fotografiet igen.

Håller upp det mot ljuset utanför köksfönstret och plirar.

Försöker se in bakom de där mörknade fotokromatiska linserna, men det går inte. Hör honom inte, förstår inte; anar inte ens.

Det är bara en bild, det är fortfarande bara bilden av min far.

Testamentet kom nån vecka senare, direkt från advokatfirman. De hade skrivit under tillsammans ett par veckor innan han gick bort och ett par grannar jag minns från min barndom hade varit med och bevittnat.

Allt utom laglotten till min bror (och ingenting i fasta tillgångar, så min mormors gård på Fårö där jag sprungit mina barndomssomrar är mina barn även fortsättningsvis utestängda från). Inte oväntat men som en sista hälsning ganska bister.

* * *

Det är verkligen minnena som ser oss, jag varken ser eller föreställer mig längre nånting på egen hand.

Konsten är att lyssna på vad de säger, minnena; det kräver natt, sovande ungar, rejält med grus i ögonen och kapitalt utvakat närmast avtuppat ego. Gärna en tokig hamster i ett gnisslande hjul strax intill, men jag vet inte om ens det räcker.

56

Famlande efter bakgrund

Vet egentligen knappt något om hans familj, eller om hans egen barn- och ungdom. Kände inte min far, vet att jag frågade vid något tillfälle men fick liksom bara grovt tillyxade stolpar till svar och när jag häromåret mailade min mor och bad henne berätta lite av vad hon ruvade på i den vägen nekade hon av rädsla att jag skulle använda materialet till nån slags smädeskrift.

Hans pappa var kanske nån slags ingenjör på LM Ericsson vid Telefonplan och dog möjligen i astmatiska komplikationer nån gång på nittonhundrafemtitalet? Om min farmor vet jag inte mer, trots att jag träffade henne ganska många gånger innan hon försvann i början av åttitalet.

I Ängby bodde de, i något av de många små egnahemmen där. En småhusförort en bit bort längs Drottningholmsvägen mellan Tranebergsbron och Brommaplan. Tror jag, det där är inte min del av stan.

Kan faktiskt inte ge nån särskilt uttömmande karaktäristik av min fars systrar heller eftersom jag bara stött på dem en handfull gånger vardera och bara ett par gånger som vuxen, men särskilt lika var de inte. Lillasysterns försiktigt vänliga leenden; den säkert inte alls mindre timida storasystern som dock tagit den bryskare rollen och som hanterade den med viss bravur efter decennier som musiklärare.

Försöker föreställa mig de där tre som barn men det är inte lätt. Att få titta in i deras barndomshem, hur märkvärdigt vore inte det. Men jag vet inte hur det såg ut, vet inte hur de såg ut, vet inte hur samtalen gick om det alls gick några. Vilken var tonen, var det modern eller fadern som satte den? Jag vet inte vilka förhållanden de hade till varandra och till sina föräldrar; vågar inte föreställa mig nånting. Kojor, och raider efter plommon i grannträdgårdarna? Läste han på den tiden, kände han Robinson, Edmond Dantès, Long John Silver? Hur han så fullständigt lyckades hålla sitt förflutna ifrån oss i alla år förstår jag inte men att han gjorde det är kanske i sig en ledtråd?

Han var dock född 1929 så det går ju ganska lätt att undersöka hur han på ett ungefär bör ha klätt sig, en förmodligen ganska hårt hållen, prydlig och säkert välkammad ung man med läxböckerna under armen. Ja där anar jag ändå en suddig gestalt i dimmorna. Kriget som rasar igång nere på kontinenten, löpsedlarna han går förbi. Bara en sån sak – hur var det att vara tio år i Stockholm när Tyskland gick in i Polen? Det berättade han inte heller, nä det är ganska hopplöst detta och fiktion skriver andra så mycket bättre. Men om jag skulle anta att deras inbördes relationer aldrig stort förändrades så kan jag ändå slutleda att syskonen inte stod varandra särskilt nära; då kan jag anta att min far hade en respektfullt beskyddande inställning till sin lite passiva lillasyster och att han mest ganska uttryckslöst översåg med sin mer hispigt krävande storasyster.

Mellanbarnet, ende sonen, han kände säkert kraven och tog ju heller inga längre omvägar. Ambitiös och tidigt ganska självständig, jag misstänker att hemmet han lämnade inte var det varmaste och sånt där går ju tyvärr lätt i arv. Några kramar har jag till exempel inte med mig av vare sig min farmor eller hennes son, några tafatta pliktskyldigheter undantagna, och ännu märkligare är att detta slår mig först nu – opponerade mig ju tidigt mot den truliga tystnaden, mot bristen på samtal och öppenhet, men den kompenserades inte heller med beröring.

Så tänk på det mina barn om kramandet skulle gå er på nerverna – jag har generationer att klämma ikapp för och avser att bryta förbannelsen!

Min äldsta fasters sextiårsdag, det är kanske en scen som i all menlöshet ändå berättar nåt. Mina föräldrar hade varit uppe i Stockholm och jag bommade en lift ner till Trollhättan med dem för att hälsa på lite folk där och på vägen svängde vi enligt överenskommelse på telefon av till Enhörna för att fika och gratulera men var en halvtimme för tidiga så födelsedagsbarnet var inte riktigt klar, öppnade dörren men blev stående där sen med rynkade ögonbryn i ett gott antal sekunder innan hon muttrande försvann ut i köket.

Nå, vi hittade själva in till vardagsrummet och intog varsin möbel, jag tror att jag ganska road och spänd på fortsättningen satt i en av fåtöljerna närmast alla de där musikinstrumenten som man inte vågade peta på – gitarrer och blås, flygeln och de afrikanska trummorna och xylofonen – varifrån jag också kunde skymta köket längst bort i korridoren. Min mor tog nån tidskrift från bordet och bläddrade och min far slog ett par obeslutsamma lovar på golvet bakom mig innan han gick ut ur rummet och osäkert fortsatte hallen bort.

"De har alltid haft det där." Min mor tittade upp från tidskriften och skakade med ett litet leende på huvudet.

De har alltid haft det där, jag tänker på det nu, allt slagg vi släpar omkring på, måste vi verkligen det? De hade alltid varit såna och kunde inte förväntas sluta med det. Och jag log där och då eftersom jag inte kände att det rörde mig, kunde i lugn och ro betrakta eller liksom nästan avnjuta dessa mer än halvsekelgamla hangups utan att skeendet fick fart på några som helst egna sorger eller antipatier. En sån lyx det var, i backspegeln.

Min far kom tillbaks efter en halvminut och ryckte lite på axlarna men sa ingenting och det behövdes inte heller, det var uppenbart att han inte varit välkommen i köket. Vi talade om annat istället, eller överlät vår vana trogen på min mor att göra det, koncentrerade oss bara på våra patenterade ordkarga inpass. Och till slut kom ju kaffet på bordet.

Min faster var väl lite mer ihopsamlad då, ändå förstås sitt vanliga liksom ständigt småförbannade jag. Där var bland annat en längre utgjutelse över nån gratulant som tidigare under dagen presentat henne en skål vatten med en guldfisk i utan att förhöra sig i förväg om huruvida hon var intresserad av att ta ansvar för ett djur. Vilket hon alltså inte var och aldrig varit, fisken var redan nerspolad och det var inte hennes fel men idiotens.

Vad rolig hon var ändå, om man bara såg henne lite från sidan. Lite kapten Haddock i mysbyxer och lärarväst och tjocka lärarbriller och papiljottkrullat hår, och utan whiskyn antar jag men fan vet. Känslorna utanpå, jag gillade det. Som när den där lille farbrorn från Smålandssläkten på hennes mammas begravningsfika jovialiskt hälsade på henne med orden: "Det är visst med dig som med Gustavdenandreadolf" och hon – uppvuxen med samma läsebok – själv förtydligade: "Du menar att jag med tiden blivit tämligen fet" för att sen tillbringa en timme i sovrummet, gråtande och svärande över den oförskämde och för den delen själv knappast särskilt magre gubbstrutten. Det var en överkänslighet jag inte kunde begripa, men samtidigt sympatisera med. Det var som om den bodde latent i mig.

Blev min far alltså som han blev därför att hans äldre syster var så bisarrt levande och utan hämningar och känslomässiga spärrar?

Minns hur min mor på sin femtiårsdag (ni ser, det är bara vid jämna fölsedagar jag överhuvudtaget träffat de här människorna) plötsligt – mitt under någon av gästernas monologer – reste sig och gick till bokhyllan och hämtade sitt ex av Grupp 84, debutantantologin där jag förekom med ett stycke ur en i övrigt refuserad roman i Lundells anda som jag redan nån månad efter publiceringen skämdes ganska hårt för; jag insåg omedelbart skräckslagen att hon avsåg att skryta för församlingen med sin utgivne son och skakade så omärkligt men ändå tydligt som möjligt på huvudet med rynkade ögonbryn och hon uppfattade dessbättre meddelandet och smugglade undan boken igen, men anledningen till att jag nämner detta här är den blick jag fick från min faster som inte missat nånting. Det var knivskarp intelligens i den, men även den svalaste skönaste respekt – hon hade på nåt vis fått ihop pusselbitarna direkt och gillade vad hon såg. Och jag såg att hon gillade vad hon såg, det var som bokstavligen ögonblicklig bonding utan ord som jag alltså fortfarande bär med mig för mer än så behöver jag egentligen inte; en uppriktig blick av samförstånd ger mer än tusen halvhjärtade kramar.

När det gäller min fars yngre syster och hennes roll i trion har jag som sagt ingen information alls.

Min far nämnde nån gång att han arbetat som brevbärare i hemtrakterna i ungdomen men det var nog inte länge. Sen har jag bara min mors skrönor om hunken med tjurnacken att tillgå. Hur han paddlade kanot mellan Ängby och stan och finansierade ingenjörsstudierna med det ena eller andra kvällsarbetet. Hur han cyklade ner till kusinerna utanför Tranås om somrarna för att hugga in i höbärgningen (om han fick betalt för det vet jag inte, det var nog troligare hans uppfattning om semester). Hur de träffades på nåt av Stockholms danspalats, kanske alldeles i början av femtitalet, och han charmade henne med den klumpiga komplimangen att hon dansade som en stock – det han såg framför sig var alltså en lodrätt stock uppvinschad i kedjor av ett eller annat skogshuggarlag, hur han nu fick ihop det. De kom snart på att de vid sina respektive födslar med fem års mellanrum huserat i samma hyreshus i utkanten av Birkastan, i närheten av Sankt Eriksbron, och det var kanske nog för att bekräfta det ödesbestämda i deras förenande, jag vet inte.

* * *

Ett sånt omöjligt uppdrag jag givit mig och ont i ryggen får jag av den här köksstolen också.

Hur många nätter som denna, spånande på känn efter nån slags poäng eller motiv – alltifrån det ensamma och undernärda halvåret med kollegieblocket i den där första rivningslägenheten i Trollhättan till det utvakade laptopandet i detta någorlunda välbeställda kök söder om Söder tretti år senare? Är det inte ungefär samma förvirring eller självtillräckliga ordberusning?

Kulspetsklickandet, knattrandet, mitt livs aldrig pausande soundtrack.

Första barnet föddes på Sabbatsberg sommaren 1958, tre veckor efter att spolingen Pelé förnedrat det svenska försvaret i VM-finalen på Råsunda.

De bodde i Grimsta då, på Nickelgränd. För mig är det min farmors lägenhet eftersom det var hon som sedan länge bodde där de gånger jag såg den. Femte våningen, tre rum och kök, stor balkong med utsikt mot den relativt nyanlagda moderniteten Vällingby. Vad de riktigt jobbade med och livnärde sig på just då vet jag inte men efter ett tag for de av nån anledning ner till Schweiz i avsikt att stanna där och det kapitlet skulle jag verkligen önska att jag visste att fylla ut lite bättre eftersom det var där jag dök upp i historien.

Han var bara runt tretti, hon var fem år yngre ändå – fakta som vrider till den gamla falska bild jag burit med mig av mina föräldrar i Schweiz till nånting alldeles äkta och verkligt och märkligt, trots att jag saknar det mesta av detaljerna. De var knappt mer än ungdomar och jag har idiotiskt nog aldrig tänkt på det.

Zug vid Zugersee, dimmorna som om sensommaren lösgör sig ur det djupa svarta alpvattnet när solen stiger, stråken av körsbärsblom som drar över bergssidorna tidigt om våren. Knastret av barnvagnen jag ligger i, och alla varma blickar som duggar lätt över mig. Jag är en charmig krabat som snabbt tar mig upp på fötter och ler brett mest hela tiden – lyssnar, petar, känner, smakar. Det stora äventyret har börjat!

Vad vi gör av våra tidiga barndomar.

Minns förstås ingenting av mina två år i landet ovan molnen men växte ju upp med fotona och har varit tillbaks vid ett par tillfällen. Vid första återbesöket var jag tretton och hade tjatat mig till en plats i baksätet. "Att man aldrig kan göra nåt utan att du ska med" minns jag att min mor suckade men det var ju faktiskt jag som var född där nere, de fick acceptera det.

Vindarna runt Danmarksfärjan, skriandet av enorma måsar runt skorstenarna, en tältnatt nånstans i norra Västtyskland och den skönt obalanserade känslan av Världen i de solstekta betongbanorna ner över den möra kontinenten. Vi tog in på ett litet värdshus i Bayern och dofterna ligger ännu lagrade i bihåleminnet – dammig teak, te med opastöriserad mjölk i fint krackelerade löv-tunna jättekoppar.

Varpå vi rundade Bodensjön och föll in under alperna och det var ju ett sagoland. Var det därifrån jag kommit? Klättrandet uppför dalgångarna och in genom passen. Linbanorna som försvann upp genom molnen; vi ställde bilen på en parkering och gungade iväg med en kabin rakt in Mysteriet. Jag levde, föddes igen och på riktigt, jublande längs decimeterbreda stigar intill bråddjupen på Europas tak.

På vägen mot min födelsestad stannade vi en natt hos bekanta halvvägs upp på en alp utanför den lilla sovstaden Berneck nånstans i östra Schweiz. Den brant klättrande vägen slutade aldrig slingra och sen gjorde den det ändå och där låg villan just intill avgrunden. Minns inte mycket av folket vi bodde hos men ängen intill där lysmaskarna glödde i stjärnenatten och kröken runt den knuttimrade ladan där mejeribilen stannade några timmar senare och vi hukade fram genom morgondimmorna för att handla ost och mjölk.

Ett byte av verkligheter, mindre än så var det inte.

Här minns jag också ett besök på det kommunala utomhusbadet. Förmodligen var det på kvällen redan den första dan eftersom vi rullade nerför serpentinerna igen för att skölja av oss resdammet, det var bara familjen i bilen och det började skymma men lätt och barmhärtigt efter en lång het dag i bilen.

Vi kryssade fram längs öde utkantsgator enligt anvisningarna och hittade poolen innanför ett stängsel, bakom en rad med lummiga popplar. Vet inte om det egentligen var stängt men det var i alla fall helt folktomt och vi bytte om intill bassängen och dök i, brorsan och jag först som anstår barn.

Ah, den där ljumma svalkan i alpskuggan efter allt instängt svettande! Jag dök ganska grunt men med bra fart och kraftiga simtag och bröt inte ytan igen förrän halvvägs ut i poolen, sen plaskade jag långsamt tillbaks och la mig på rygg ett par meter ifrån min bror, sparkande med fötterna så att det stänkte i ansiktet på honom.

"Men lägg av då jävla skitunge."

"Inget bråk", sa morsan, och det var inte heller aktuellt. Allt var perfekt ju: min bror flinade och skvätte tillbaks och simmade iväg några armtag, min far ställde sig på bassängkanten och dök i med huvudet före han också.

Den mysiga horisontlösheten där uppe på Europas tak, alptopparnas taggande i alla riktningar, jag älskade det. Ostbilar, bara en sån sak, varvande runt mellan gårdarna.

Linbanorna som spände över bråddjupen utan att göra sig märkvärdiga för den sakens skull, och allt gammalt knuttimmer som stod runtom i den feta grönskan och väntade på snön. Och så fadern då, på ett sällsynt soligt liksom busigt humör, som om även han återvänt till sitt sanna habitat.

Medan min mor nöjer sig med att kavla upp byxbenen och plaska med fötterna vid bassängkanten dyker han i och simmar länge under vattnet och dyker upp igen bara ett par meter ifrån mig med håret klistrat ner över pannan och det bredaste lyckliga smil jag sett nån gång nånsin. Det ser faktiskt rent konstigt ut, men på det underbaraste och mest längtade vis! Känner instinktivt att det ju är så han ser ut, det är åtminstone absolut så han borde te sig och det gör mig alldeles varm där i vattnet att bevittna det. Det är lite som att komma hem, eller som att se nån annan göra det efter långt och hårt irrande. Jag är fortfarande för överraskad för att själv stråla men anar hur det börjar rycka i mungiporna och vet att vi snart är tillsammans, och det är då det händer.

Min bror förstås, målbrutet kraxande ett stycke bort i bassängen:

"Kolla farsan, haha, vad ful han är!"

Katastrof, vilken okänslighet! Hur kan han inte bättre ta vara på denna öppning, denna historiska chans! Jag ser hur smilet liksom evaporerar från min fars ansikte, hur han mulnar på ett par sekunder. Ett ordlöst väderomslag och allt är som vanligt igen.

Hatar min bror intensivt. Håller mig tryckt åt vänster i baksätet med blicken ut över det landskap som är en del av mig och som jag är en del av men som han aldrig kommer att förstå, och ignorerar honom tigande i flera dagar.

Sörjde det där leendet i åratal, löjligt som det onekligen kan låta. De där vidöppna ögonen och den nästan bisarrt lyckliga grimasen, det blöta håret klistrat över pannan och de bleka kråkfötterna i allt det rödbrända. Det var nån eller ett par sekunder där av total avslappning, alla skyddande manér av frånvändhet liksom avstängda av den ljumma alpnatten och det svala bassängvattnet. För ett ögonblick bara en farsa vilken som helst, trygg i familjens hägn.

Sen kom det ifatt till slut och jag förstod eller anade: överkänsligheten, självupptagenheten, bristen på humor och självdistans. Hade själv med god marginal blivit tonåring och kunde se och höra den underliggande värmen i min brors gamla kraxiga kommentar i den kvällsstängda poolen i en dalgång i nordöstra Schweiz 1975. Haha, vad ful han är! Och kunde omvänt inte begripa hur vår far underlåtit att helt enkelt bara garva iväg med sönerna i detta upplagda läge.

Ett sånt slöseri, en sån förbannad oåtkomlighet!

I Zug tog vi in hos en av hans gamla kollegor från tiden för min födelse, en fryntlig smålänning som startat med att klistra vackra vyer från veckotidningar på tändsticksaskar att sälja till turister för att femton år senare ha investerat sig till ett eget höghus ganska mitt i stan. Diverse jeepar och sportbilar i garaget och så privathissen upp till det enorma penthouset sen, det var som om man var med i ett avsnitt av "Hawaii Five O" eller "Snobbar som jobbar": den prunkande terrassen med korgmöbler och hammockar som löpte runt hela huset, det var bara att välja kvällssol eller morgonsol, sjöutsikt eller alpvy, och så det som kanske imponerade allra mest: det enorma duntäcket jag bestods med där jag övernattade i den bortreste sonens rum, och de med ett svagt blått ljus glödande strömbrytarna.

Mina föräldrar och deras gamla vänner hade väl inte träffats på ganska många år tror jag men säkert hållit kontakten, det var ganska hjärtligt det hela som jag minns det, värdparet var snälla och ivriga och öppna och min mor var glad och babblig och min far sådär rosig och lite blänkande som han blev när han trivdes och den han egentligen var eller ville vara kom och ställde sig i dörröppningen för att liksom kika över axeln på den mer hämmat reserverade kille han normalt nöjde sig med att representeras av. Hur den meningen nu blev.

Frukosten på altanen under det jättelika parasollet, pustar av alpsommaren som ryckte i luggen, och med den färskpressade juicen intagen var det dags att segla – äldste sonen tog med oss ut och det var märkligt nog att dra sina första skot men märkligare ändå att styra rakt in i de rodnande bergen hur man än vred på rodret.

Ljumt och fjärran allt jag kände och visste men jag ser inte min far nånstans i den bilden fast han rimligen måste ha varit med: kommer jag att falla ur era bilder på samma sätt, är jag kanske redan på väg ur fokus? En skugga bara som faller in över kanten, och som lika gärna kan vara ett träd?

Uppväxandet, en sån tid det tar. Och allt det vi aldrig når fram till överhuvudtaget, som grumlas och göms undan av våra självsvåldiga hjärnor, de här överdimensionerade valnötterna vi kånkar kring på och aldrig helt lär oss hantera. Det gäller att ta vara på blickarna och de utsträckta händerna, att titta och sniffa tills ögonen värker. Vi har så lite tid, och så banala ord att formulera den med.

I badbyxor vid stegen där längst bak. Släpande med en hand runt aktertrossen i det solstekta ytvattnet. Ensam i självklarheten, ensam i mysteriet; som barn var jag kanske alltid mig själv nog?

Och det knastrar till och jag står vid ett vattenfall i en annan del av landet. Det är en plattform strax intill den vrålande forsen, skummet slår mig i ansiktet men om jag vaknar så är det fortfarande bara till världen, inte till mig själv.

För nåt år sen skickade er farmor en del bilder från min barndom som jag inte sett tidigare eller i så fall glömt eller förträngt, bland annat en som sägs vara tagen på strandpromenaden i Zug 1975. Man ser lite av sjön till vänster och en del träd i fonden och mitt i bilden går jag och håller min far i handen. Men bilden känns förfalskad, det ser ut som att det hände men jag kan omöjligt tillstå att det gjorde det. Vi fotograferar det ovanliga, eller ännu hellre det mirakulösa. Min mor lyckades fånga en förflugen sekund av närhet, om det nu var det, som rör upp hela mitt inre när jag tittar på den, och jag vet inte om det är för att den illustrerar vad som borde ha varit eller om det är för att den eller minnet ljuger.

Ömheten, det är ju i slutänden dit vi måste nå om vi så ska stå ensamma vid målet. Och det är kanske alltid i första hand för sin egen skull man förlåter, om man alls klarar av det?

"Jag förlåter ögonblickligen var och en som ber om det", tänkte jag för inte länge sen. Men min far bad aldrig om det och sen dog han och jag stod där med den där storartade och ändå helt värdelösa förlåtelsen han aldrig brytt sig om att hämta.

Tiden läker alla sår sägs det men taggarna kan ändå sitta kvar där inne och huden bär alltid spår av ärret, om det så bara är en knappt skönjbar blek strimma. Jag är för min del inte nån olycklig människa men alldeles tvärtom. Läsande och skrivande lärde mig ganska tidigt att uppskatta i princip all erfarenhet, men det är såklart skönare att förlåta än att evigt fördöma, oavsett om man nånsin träffas eller kommer att träffas igen.

Men Zug, om vi flyttar tillbaks till den storslagna tid i mina föräldrars liv då de emigrerat till södra Europa för att driva upp sina plantor där. Det måste ha varit något, på den tiden, även om jag av egen erfarenhet vet hur den mest exotiska tillvaro obönhörligen vardagar till sig efter ett par veckor, om inte förr. Detta var ju det tidiga sextitalet och om det må jag väl drömma: Hemingway hade skallen i behåll och Kennedy också och Beatles hade sin första hit i samma veva som jag tittade fram och morsan hade peruk utan att det var nåt underligt och Kim Novak-solglasögon som spetsade till sig utanför tinningarna och hennes unge Atlas till make var snaggad såklart och kunde lyfta en bil och hela det liv som redan är slut nu låg framför honom då som ett enda härligt gytter att riva tag i och börja spalta upp.

Deras livs äventyr, och jag fick vara med under ett par år.

Transistorradion i fönstret, babblande på switscher-dütsch, eller hur detta underbara ord nu stavas. Teakmöblerna och vaxduken och utsikten och vägen ringlande in i det lätta diset. Modet att ta den där vägen, kraften att improvisera.

Lusten till livet, smaken av syre. Och jag var med; samtidigt var det kanske jag som väckte verkligheten – vi var två små nu, en fullödig kärnfamilj, munnar att mätta, behov att tillgodose.

Min far lärde min mor att köra i den gamla SAAB:en, annars har jag aldrig haft nån riktigt god uppfattning om vad hon sysslade med om dagarna på den tiden men det var ju småbarnsmorseriet förstås. Nån lekpark i närheten, jag har sett bilder. Expeditioner till affären, till affärerna. Promenader med granntjejen, min gudmor, varsin bakelithandtagad barnvagn och så min bror knatande intill i sin prydligt knäppta lilla kavaj. Men ändå: en sån

74

omöjlighet det är att få tag i dem; jag kan inte spekulera mig närmare. Jag bara famlar, efter respekt, efter ömhet, efter kaxigheten och äventyret i dem, efter nån slags förtröstande slarv i bygget, för hur ska jag annars känna igen mig i dem?

Och det är väl i slutänden det jag vill och måste.

* * *

Oavslutat, återigen. Det är nånting i detta som inte låter mig komma inpå, hitta vägen, hitta lägen.

Svänger fel i varje korsning.

Bilderna stockar sig ständigt fast jag anstränger mig att kisa och dämpa belysningen.

Den stora sömnen

Bilderna av den lilla staden vid alpsjön, de snötäckta topparna i fonden. Utblommade körsbärsträd och små vingårdar sträcker sig uppför bergssidan i utkanten där lasarettet ligger.

Vita molntussar, matt asfalt?

Knappt trettiårig åkte jag tillbaks en andra gång och stod utanför det där sjukhuset där allting startat, det var alldeles tyst och alldeles tomt på gatorna, det var dröm snarare än minne, det var helt ogreppbart.

Lite senare hittade jag hyreshuset dit de tagit mig och där jag hållits sen i två år, det låg alldeles i närheten. En plattlagd gång klättrade upp till en värkande grön gräsmatta med regnbågsprunkande rabatter i fonden och där låg huset från de gamla svartvita foton jag vuxit upp med. Men jag var inte mogen att bli mina föräldrar, kunde inte se vilka de varit eller hur jag passade in i det hela.

Kan jag kanske ana nu?

Den genant sena insikten om att de haft ett liv utan mig, själva, unga och förälskade, och sen hade de fyra hela år då bara min bror fanns, en tid då de var starka och fulla av löften och drömmar och tillförsikt, av den där obetalbara söta ovissheten.

Man ser ju inte sånt som barn och det är lätt en insikt man liksom glömmer att få sen också, det kan dröja, för mig ända upp i trettiåren: de hade inga barn från början och sen hade de bara ett och det var inte jag. Och sen kom jag då med extra utgifter i tid och pengar och privatliv, med syskonrivalitet och bråk och käbbel, ökade krav, framförallt kom jag med motvalsig törst och anklagelser sen vad det led.

Och när allt detta sent omsider slog mig kunde jag också se hur min vuxna frånvaro i deras liv bara var en naturlig återgång till ett tidigare och enklare tillstånd, och därmed faktiskt helt i sin ordning.

En förbjuden tanke såklart och jag visste att de aldrig tänkt den men att det var så: så länge det var jag som tog avstånd så var inte saken märkvärdig att hantera.

Bristningspunkter, de går att identifiera men först i efterhand. Först när så mycket liv lagts ovanpå att man inget annat orkar än att le överseende, nickande och ruskande stillsamt på huvudet åt alltings fundamentala fånighet. Först när vi kan stryka över ärrbildningen som över blindskrift, när vi kan känna in den som en sorts bryskt humoristisk poesi om tid och saknad.

Här är en: vi är på landet, det är tidigt sjuttital, gissningsvis. Min far och min bror ska åka in till Visby och se "Skriet från vildmarken" och jag förstår inte. Utesluten, ratad, oräknad. Poängen för min far och min bror i att göra något på tu man hand är efter ett knappt decennium på Jorden inte tillgänglig för mig. En sorts övergiven panik rider mig trots att arrangemanget innebär att jag skulle få både mor och mormor för mig själv i flera timmar – dem har jag ju så mycket av ändå! Det låser sig i skallen, orättvisan skakar genom allting, inget annat går att se eller ta in.

Vad vet min bror ens om "Skriet från vildmarken"? Jag springer upp och hämtar gammelmorfars dammiga lunta från lådan på vindskontoret, återvänder triumferande, han som faktiskt läst boken. (Tror inte ens det slår mig att jag ju inte egentligen läst den men bara umgåtts med den, rört vid och doftat av den – så som jag ofta gjorde med vuxen litteratur innan jag nådde den ålder där jag förstod att tillgodogöra mig innehållet.)

Och min far tar den och bläddrar, med ett outgrundligt leende. "Har du läst den här?" "Ja, det har jag." "Just det här exemplaret?" "Ja." "Det är jättemärkligt eftersom den inte är uppsprättad än."

Du slogs inte, du söp inte, du förlöpte inte hemmet men så var det kanske också just det som lät händelsen verka så länge i det fördolda. Att det i förstone var jag själv som gjorde mig löjlig. För liten för självironi återstod bara att gömma skammen. Skrek och sprang till skogs och blev där. Tog år innan jag hittade ut men sen mindes jag:

Blicken. Det spefulla leendet. Skadeglädjen när du förevisade familjen den osprättade boken. Kom aldrig runt. Kom aldrig förbi. Du var den sortens man som hånar barn, och därtill sin egen avkomma.

Jo det var du.

Förmannen säger till mig att bli hemma – sorg är giltigt förfall säger han och jag tar en dag.

Tänker, minns, skriver nåt och sen är det inte över men hanterligt nog och jag går tillbaks.

Liten monstersorg alldeles ihålig och fjösig.

Försöker förstå det där inbördes beroendet som livet ut knöt dem så tätt till varann att inte ens barnen fick plats emellan. Det är dock inte lätt: jag var närmare fyrti innan jag hittade rätt partner, min far blott tjugotvå.

Min mor var för sin del sjutton så det var de där två från början i en till synes ödesbestämd pardans och man kan tycka att det är vackert men jag känner att det också är lite otäckt.

Tror ju inte på ödet, men på bred erfarenhet. Tror på att snubbla och resa sig, på att irra vilse i nyfikenheten och hitta hem via de mest oplanerade av omvägar.

De var av en fulländat nipprig slump skrivna på samma adress i Birkastan då de föddes (det var dock fem år emellan dem varför han redan flyttat över till Kungsholmen innan det blev hennes tur) och träffades på hans namnsdag, så lite övertro i historieskrivningen är kanske bara naturlig.

Hon, och han.

Minns att han vid nåt tillfälle i slutet av sjuttitalet tog mig i försvar när hon löpte amok i menopausen, men inget av det omvända. Hon var alltid närmast fanatisk i sin beundran, det fanns inga glipor, ingen plats för ens den vagaste antydan till kritik.

Och alldeles ovanligt är det kanske inte. Barnen "skaffas" och uppfostras till små fans. Föräldrarna använder sig av barnen för att bygga självförtroende och när det spricker som det i någon mån förr eller senare måste göra så ställer sig förvirring och stolthet i vägen för kärleken och allt faller isär.

Blev tidigt en nästan manisk slukare av barndoms-skildringar, idag kan jag kanske ana vad det handlat om.

Uppgörelse, katharsis, terapi, nödvändighet, ett famlande efter röda trådar, efter trådar som håller.

De har verkligen sett ut på så många olika vis, ändå har jag aldrig hittat en att som vuxen identifiera mig med. Som barn var jag såklart både Klas och Göran Tvillingdeckare, liksom jag var killarna på Den hemlig-hetsfulla- och Skattkammaröarna och framför allt Tom Sawyer; efter min artonde födelsedag och flykten från föräldrahemmet har jag nog mer sällan försvunnit hel och hållen in i böckerna men alltid i någon mån behållit greppet om pärmarna. Om det så var "Räddaren i nöden" (lite för ocool och melodramatisk den där Holden) eller "En flykting korsar sitt spår" (Espen var kanske under perioder något av en brorsa men mitt Trollhättan i grun-den så mycket hyggligare än Jante).

Framför allt var det ju aldrig mina föräldrar de hade, varken Johan i "Tjänstekvinnans son" eller Peter Kihlgård i "Anvisningar till en far". Det hat eller den bitterhet som författarna uppvisade var aldrig riktigt mitt. Min far var varken artonhundratalspatriark eller självgod rumlare. Han var inte arbetarklasstragiker som Åsa Linderborgs eller försupen familjemanglare som Susanna Alakoskis (och så oändligt många andra barndomsskildrares). Han var inte ens förlupen som Torbjörn Flygts (Torbjörn som dessutom enligt egen utsaga hade både världens bästa mamma och världens bästa syster att tillgå). Möjligen kunde han påminna lite om Jack Råstedts bistert muttrande farsa där ute i egnahemskrampen i Saltsjö-Boo men skillnaderna var ju till slut större än likheterna, både vad gällde rötterna och uttrycken de tog sig – om de bägge var tystlåtna men stolta arbetshästar från blygsamma omständigheter så hände det ändå emellanåt att Jacks pappa knäppte av en kapsyl, lutade sig bakåt och uppmärksammade sonen på fåglarna i träden; med bara en enda scen av den digniteten att minnas och stödja mig mot hade jag kanske inte ens suttit här och skrivit, åtminstone inte just detta.

Förvirringen, att inte begripa, föräldrar som inoffensivt tigande och blundande kalkstensmurar, det finns inte i litteraturen, jag har i alla fall inte hittat det. Den där hårt arbetande, på intet sätt bittra eller medvetet skadande automatiken som ställer maten på bordet (eller i skåpen åtminstone) och leksakerna i barnkammaren och som för evigt försvinner ut i garaget eller rabatterna sen. Och jag vet inte om det beror på att mina föräldrar i detta var unika eller på att det helt enkelt inte går att förstå och därmed inte heller att litterärt handskas med.

Läser Knausgård nu, första delen av "Min kamp", den som handlar om hans småtjurige och undvikande farsgubbe men inte heller den funkar. Identifikationsprocessen störs hela tiden av att han rakt igenom tegelstenen

– tillochmed när han önskar livet ur den gamle, något jag verkligen aldrig gjort – kallar honom för "pappa". Ett ord alldeles för intimt för att fästa på min.

Så fan vet om det inte till sist är idyllerna som med sin kontrastverkan berört mig starkast. Tove Jansson – både "Sommarboken" (där jag kunde känna igen mitt sjunkna Atlantis, den tidiga barndomens lekfulla självklarheter och ljuva självbedrägeri) och "Bildhuggarens dotter" där hon visade på den barndom jag inte visste att jag aldrig haft. Tiden som hennes föräldrar gav henne, och verktygen. Det är såklart inte en förälders absoluta plikt att vara varken konstnär eller märkvärdigt ödmjuk (och verkligen inte nåt så svårt och sällsynt som en ödmjuk konstnär...), ändå är det ju omöjligt nog vad varje barn borde ha rätt att förvänta sig...

Eller som Roald Dahl skrev: "Barn har rätt till roliga föräldrar."

DNA, all nedärvd aning och vansinnig nödvändighet. Måste gå till de steniga tegarna och kustskepparna, till suputerna och de oartikulerade revolutionärerna, till galg- och spefåglarna, till männen och kvinnorna som bestämde mig fast de knappt visste sig själva.

Jag var ett radhusbarn utan rätt att klaga, och länge gjorde jag inte heller det. Jag var mätt, kunde värma mig, jag var heltäckningsmatta och sjögrästapet, Hönökaka och äventyrsböcker. Anfäderna teg och bidade sin tid, jäste bara smått och smygande i blodet.

Ensamheten hör också till, trots att jag aldrig sökt den men alldeles tvärtom. Det har med föraktet att göra.

Min mor föraktade den jag blev, min far kände jag inte alls fast jag växte upp under samma tak. Min bror tycker nog också att jag är en spydig typ och vill inte ha med det jag skriver att göra – vill jag något får jag ringa säger han men telefonen är inte uppfunnen där jag befinner mig, det är inte mitt medium och det vet han. Och jag vill väl heller inget.

DNA, som den spretar och skojar, lattjar och plojar.

Det är en av de första bilderna: den gången på landet när ni anmält grannen till kommunen för att han på nåt slags jävelskap smällt upp en skräpig smörjbrygga just intill stängslet.

Gubben på andra sidan kohagen som svor och hötte och jag var kanske fyra eller fem, var kortbyxor och läderkula, var linlugg och blåaste blick och du också, jag kände igen dig då.

Minns förvirringen i dina ögon och hur du började kliva över, som om det var stängslet som var hindret: "Men Elon..."

Jag tyckte att det var en sån civiliserad ansats. Nu lugnar vi ner oss, nu ser vi oss själva i vitögonen. Nu ler vi och kommer ut på andra sidan, på ett vettigare ställe. Nu talar vi som vuxna med varandra.

Och sen, när Lundin röt åt dig att för helvete stanna på din egen tomt om du inte ville att han skulle hämta bössan. Hur du frös i steget, hur du mindes att världen inte var som den borde. Hur du hastigt klev tillbaks igen, mulnande.

Hur du omedelbart retirerade, tystnade. Hur jag inte ens minns nåt mer sen.

Sista bilden så, den i albumet på landet som jag hittade några år efter din död: blek och bräcklig i stålrörssäng.

Vi hade inte träffats på nio år när fotot togs och skulle heller inte ses igen. Uttunnad och ödslig. Rädd och lite vresig? Sönderfallande, på väg bort. Så som vi alla.

"Pappa", ordet växer i munnen nu men så var det förstås inte från början. Även jag hade en pappa, det var sextital och jag hade överhuvudtaget vad jag skulle ha: en gata, en bästa vän, en mamma och en bror och en pappa.

Gatan låg i utkanten av en liten ruffig men grön och vattengenomfluten industristad just mellan västgötaprärien och de bohuslänska lövskogarna, var nåt hundratal meter lång, en återvändsgata med en vändplan i ena änden och en gul postlåda i den andra. Husen var alla likadana, med garage emellan. Vi flyttade in innan gatan var asfalterad. Det var som sagt ett stycke utanför själva tätorten och vi var nybyggare och stigfinnare. Här och där stod pallar med taktegel. Vi såg det gräs sås som vi sen skulle springa över i femton år. Vi såg rönnplantorna lyftas ner i runda gropar på allmänningen, vi hann tillochmed prova groparna själva. På toaletten fanns ännu inget golv, man fick balansera på plankor över till tronen. Men jag fick ett eget litet rum.

Min bästa vän var ett år yngre men det var inget vi låtsades om. Vi växte ihop, och sen växte vi isär igen. Vi slutade i princip umgås redan för tretti år sen och gick åt diametralt skilda håll och ändå har ingen ett bättre grepp om vem jag är och var jag kommer ifrån.

Min bror – större, ändå så svår att se. Syskon kanske tar varandra för givna, och tittar inte så noga. Först på senare år, med rejält med distans i både tid och rum, har jag börjat ana, tror jag att jag kanske faktiskt skymtar trots att inte heller vi umgåtts på decennier. Han står liksom på tå, föreställer jag mig, tyst och molande. Tittar tillbaks över vallgraven.

Och min mamma.

Och pappa.

Försöker se den där tiden och platsen med mina föräldrars ögon nu när jag själv är betydligt äldre än vad de var då.

Åter till Sverige, åter till tryggheten.

Ett nybygge i utkanten av en medelstor stad.

En torva en start ett fundament.

Att lära känna trakten att låta barnen löpa och som vi löpte!

Avancerandet, det där synbara: teven, soffan, spaljén!

Ett par burfåglar tillochmed men de blev inte långvariga – sprätte för mycket frön på parketten.

Särtrycken som efterhand byttes mot oljor från gallerier på Aschebergsgatan i Göteborg.

Alla mått som togs, och alla steg.

Lejongapen, snödropparna.

Allt medan barnen löpte, som vi löpte!

Ett par burfåglar vi ock, jag ser det nu och vi blev inte heller långvariga – sprätte verkligen alldeles för mycket frön på parketten.

En men bara en gång ställde vi upp pjäserna att göra upp över schackbrädet. Jag var väl i tonåren då men knappt och kanske koncentrerade sig inte chefsingenjören överhövan men stryk fick han – föll singlande som det sista praktfulla höstlövet från längst ut på den allra översta grenen.

Minns den livsfarligt pulserande rodnaden på andra sidan bordet när du insåg vad som hänt, och sen: nån slags generad förklaring till debaclet som gjorde tillochmed ondare än vinnandet.

Finns en slags underbar två veckor lång parentes i den utdragna kontaktlösheten, som jag gärna återkommit till men blivit lika upprörd och förvirrad av varje gång.

Där besöker de mig och min första hustru i Kapstaden, de föredömligaste av gäster.

Han är positiv nyfiken lite skämtsam.

Respektfull öppen blick öppna öron.

Och det är väl det: jag är en vuxen son, han min åldrande far. Vi antar för en stund de roller som oss tillkommer, blir de vi egentligen är.

Vi sitter vid bardiskar tillsammans, vid nån bardisk iallafall och med våra respektive emellan oss men ändå.

Klättrar på Taffeln, suger i oss av mysterierna.

Han tar in den information jag kommer med, och gör inga anspråk på förarsätet.

Han skrattar med en slags glittrande stolthet när jag skämtar med mina svärföräldrar, eller i andra sociala sammanhang. Ja, han verkar förstå plötsligt och äntligen att jag inte är femton eller ens arton längre, att jag har ett liv vid sidan av våra sällsynta möten och att jag faktiskt funkar fullt acceptabelt i det.

Allt sånt han aldrig haft tillfälle att se och inse tidigare; och så blir det sista av mig till – det där som kräver att din far noterar och erkänner.

Några månader senare på ett stugbygge på en ö långt uppe i norra hemisfären är han tillbaks i gamla tappade koncepter igen och vet inte hur man gör, minns inte vilka vi är, snäser sönder hela konstruktionen.

Han instruerar mig i hur spiken jag står i begrepp att driva in ska vinklas för att inte leda in fukt i regeln men jag förstår inte och fumlar väl till det. Och han fräser hammaren ur handen på mig och slår allt i splitter och split.

Jag vacklar därifrån, in i den välbekanta gamla mörka labyrinten igen.

Min mor stoppar mig på vägen, menar att det gick ju så bra i Sydafrika.

Jag säger att där var han ju gäst och tvungen att uppföra sig.

Och hon fnyser och går sin väg och jag tar bussen därifrån och så ses vi egentligen aldrig mer.

Medelklassuppväxten, en sån längtan som grodde mellan dess sjögräsade murar. Jag dök, kunde inte vänta, störtade mig hals över dumskalle genom lagren i den vildaste av omvända klassresor, sprattlade snart nog utmärglad och arytmisk i rännstenarna – förverkligad och lycklig!

Fri från vadd och dynor, fri från barkis och messmör, fri från all den ogenomträngliga fönsterputsen, knäcken i lurarna, bordsdammsugeriet, alla de små tomtarna på loften där i trakten, fri från privilegierna (i någon mån...)

Sen slår det mig: min småborgerliga bakgrund, det där fesljummet förmenta avancerandet, heltäckningen och det lilla stenpartiet, feltittandet och självupptagandet, en sån fantastisk utgångspunkt ändå – materiell trygghet och underlag för uppror...

"Den skrivande människan kommer alltid att ha ett övertag. Han avbildar, men väljer också vilken del av bilden som han vill färdigställa." (Kristian Lundberg, "En död kvinna skriver sin biografi")

Njae. Eller det är kanske sant men jag känner det inte. Skrivandet har inte på mycket länge syftat till revansch, men sökt förklaring. Vet ju inte heller var jag ska ta tag, vad jag har rätt till och vågar. Ord behöver ord att studsa mot, monologen förlorar per definition.

Är ju också så att tigandet är det kanske effektivaste av verbala övergrepp. Du teg mig trasig och om det också gjorde detsamma med dig själv så är det mig ingen tröst.

Man talade inte om klass i mitt föräldrahem, klasstänkandet var nånting vi klättrat bort ifrån, klasskamp nånting för åldrade proletärer som missat senare halvan av nittonhundratalet, och för en och annan arbetarlitteraturförvirrad akademiker kanske.

Klasskamp, men snälla du vi är ute på andra sidan nu, av samma börd och möjlighet – varför ställa klasser mot varann när vi har samma mål och mening.

Klasstänkandet var i princip jämställt med rastänkandet, utdömt på liknande grunder: vi är varken det som syns eller det som hörs, ej heller vår historia men vår framtid, var och en sin egen startpunkt.

Jag var långt upp i tjugoåren innan jag förstod att det var en ganska tillkämpad medelklass jag kom av, och att sekler av pigor och torpare betraktade mig klentroget från just bortom hörnet.

Att det ligger i blodet därför att det lever i generna.

Fortfarande i femtiåren känner jag mig obekväm i alla sorters salonger, skyr spontant hotell och restauranger där personalen kan förväntas vara van vid en bättre sort.

Och jag vet inte hur mina föräldrar klarade sig om de gjorde det (anar något av välbekant klasskramp i min fars timida men idoga klättrande) eller hur min bror styrde undan om han nu lyckades (hur många sammanbitna revanschister skälver inte stundom underlägset i sina vita rockar?).

Vet bara efter decennier av underbetalt nackspärrande att det klasslösa samhället ännu är en riktigt fjärran utopi och att jag gör bäst i att inte glömma det.

Låter inte klokt men ju mer jag tänker på det desto klarare ser jag det, klassmomentet, i de kassa relationer som blev.

Det var inget vi talade om, inget som nånsin slog oss ens när det gjorde som ondast, när hämningarna var som avlägsnast, men det fanns där och växte allteftersom.

Mitt förakt för förnöjdheten, för glömskan, för medelklassens tunnelstruttande och borttittande, undanvikande. Att de inte såg orättvisorna.

Deras förakt kanske provocerat av mitt, och av de val jag gjorde.

Att jag blev kvar och tillochmed utan tvekan spatserade iväg åt motsatt håll. Otacksamheten i det.

Femti fyllda och inte en spänn undanstoppad, allt gick in i det luddigt utflutna verk jag knappt ens tagit mig tid att försöka omsätta i pengar. Varenda minut all kraft allt som blev över efter minimiplikt och familj.

Kalla mig gärna idiot, det finns säkert en sanning i det beroende på varifrån du tittar, men inte feg, aldrig feg.

Inte mycket till arbetarklass i själva verket (arbetarklassen vill väl trots allt nån annanstans?), är min egen lyckligt självförödda sort nånstans vid sidan av.

Ja, vilsna på klassresan. Vart hör vi, vart ska vi?

Pigor och drängar och nån kåkfarare men där sitter min mormors farfar på egen gård i Roslagen ändå tills han super väck den en kaxig pokernatt och blir kvar på ett litet hörn bara där han får bygga sig en stuga. Han är kustskeppare och sonen följer tidigt med, fraktar grus och navigerar och är läraktig, stannar småningom i Stockholm där han avancerar inom stadsbyggnaden, dyker i Strömmen, reser broar och kajer och bildar familj och blir erbjuden en tjänst som verkmästare på den vind-pinade och eftersatta Fårön långt ute i Österhavet. Där han sedan blir.

Det går att ana en bild i gamla papper och memoar-utkast, i min mormors minnen och i min mors. Hård men rättvis och nyfiken och med de högsta kraven på sig själv – nåt sånt? I boksamlingen han byggde under kriget långt senare – mitt ute i den brinnande sjön – finns både Stalin och Churchill och Hitler och Folke Bernadotte, men inte direkt nån poesi. Vad gjorde det med dottern – och med hennes dotter – att växa upp intill denne stolte autodidakt, lokale auktoritet, relative intellektuelle rese? På Fårö i början av det tjugonde seklet var han kanske ensam om att alls kunna läsa, måste det inte i någon mån också ha adlat hans avkomma?

Och varför är det, fyra generationer senare, ändå hans far – den försupne losern på undantaget i Roslagen – jag starkast identifierar mig med?

Att det ska ta sån tid att se parallellerna, att jag skulle bli uppåt femti innan jag förstod att hyvelbänken var hans skrivbord, att diktandet är mitt mekande och smörjande.

Att byta olja, att redigera text. Att tvinga limfogar, att koncentrerat stryka och flytta runt bland glosorna.

"Han flydde till garaget" har jag ofta tänkt och även skrivit, men vad vet jag om tankarna han umgicks med där?

"Du är här och ändå inte" är kanske min frus frekventaste omdöme om min person och visst skriver jag i någon mån dygnet runt, om så bara några rader om dan kommer på pränt.

Behovet av en- och långsamhet, jag känner ju faktiskt igen dig där. Om du bara tagit ett par sekunder av min barndom att förklara, inviga!

Under en period i början är jag ändå jätteduktig, rimmar fina dikter, får mycket uppmärksamhet för det och på kuppen det obändigaste självförtroende.

Lillgammal, var väl det jag var.

Småningom skulle jag förstå eller uppmärksammas på att inte alla charmades: min bror kände sig åsidosatt och min farmor "hatade mig" enligt min mor för att jag tog uppmärksamhet ifrån honom.

Måste skratta lite ödsligt när jag skriver detta: åtta eller tio år och hatad av min farmor men det var verkligen så, jag kände det tydligt alldeles själv.

Hon muckade med mig när hon fick chansen. Som barnvakt var hon fan själv, låste in mig och bakade sockerkaka till brorsan och hur skulle nån kunna tro på det?

Haha, allt som kommer tillbaks efter alla år. Skrivandets mirakel är väl i första hand vad det rotar fram ur gömslen och glömslen.

Hur du hade det i ditt barndomshem, farsan, med denna kvinna. Kan vara värt att fundera på.

Lillgammelheten, du var inte heller förtjust i den så det låg kanske i nån genusling där nånstans, eller om det var ett slags självförakt via ombud liksom?

Minns hur du under en diskussion över huvudet på mig upprört hävdade att jag givetvis inte kunde begripa nånting av de där böckerna jag gjorde mig märkvärdig med. Fröding, Ferlin, Snoilsky... Det var såklart bara ett slags stillsamt fäktande efter uppmärksamhet om en tioåring ställde sig att recitera slikt.

Och jag vet verkligen inte hur mycket jag förstod men väl att jag reciterade långt in i ensamheten, mumlande på golvet mellan hurtsarna på rummet efter nån enda vuxen rollmodell.

Min bror frågade mig en gång – helt utan ironi vad jag kunde uppfatta – hur jag kunde tro att min mor nånsin skulle ta mitt parti mot min far. Nu minns jag inte vilken av alla kontroverser det handlade om men tycker såklart att frågan är generellt obegripligt – man tar väl dens parti som man tycker har rätt. Så brukar iallafall jag göra. Men det säger kanske något om platsen vi kom ifrån.

De goda stunder jag minns föll alltid i golvet och sprack i vassa skärvor innan jag hann begripa och parera.

En gång sitter jag i hans knä, ja jag minns det, jag har gjort det. Han studsar mig upp och ner som en liten boll och jag kiknar och han ler lyckligt och mosigt och inget annat finns och jag studsar gärna hela vägen in i evigheten tror jag men råkar dessvärre riva honom på bröstet och står avslängd på parketten i en plötslig kompakt mulnad.

Jävla unge det var mitt mellannamn kommer kanske alltid i någon mån att vara det.

Att växa upp, att gradvis tilldelas ansvar, att fela och börja om allt under förtröstansfull uppmuntran.

Vi övningskör. Vid Marie Alberts park fickparkerar jag ett stycke upp på gräset och blir beordrad över till passagerarsätet. Småungar ska ju för fan inte köra bil. Och det är inte det att jag inte känner igen och förstår det där felande tålamodet – har till min stora sorg ärvt det – men att jag inte ens anar nån god vilja. Att det aldrig skönjdes nån ursäkt, att hans upplevelse alltid var viktigare än den jag hade att bli till i.

Så är det avskräckande exemplet ändå mina barn behjälpligt. Kanske.

Klickar mellan bilderna. Där är du på trappan till verandan på Fårö den dagen du fyllde femti, syrenkransad och blötögd. Så mycket äldre du var då än jag nånsin kan bli.

"Hur kan det fortfarande sitta i så? Du är vuxen sen decennier, han är borta sedan åratal. Du har egna barn och de är redan i tonåren." Min fru anstränger sig att inte provocera, men undrar. Samtidigt som jag inte kan undgå att tänka på hur agiterad hon själv blir närhelst hennes tidigt flydda far kommer på tal. De träffades en enda gång i vuxen ålder och det gick inte bra.

"Är kanske därför jag har så svårt för att skriva om det, det känns inte helt värdigt... Samtidigt som konsten är full av betydligt mer sargade uppgörelser, man läser dem hela tiden, man ser dem på film och på teater: grånade vrak famlande efter nycklar i halvsekelflydda barndomar."

"Det är intressant?"

"Det är ju det. Också."

Jag mailar ett första utkast av den här boken till en skrivande vän och han gillar den men föreslår en hel del strykningar – särskilt vill han bli av med de många brasklappar och ursäkter för sin egen existens som texten kryllar av.

Och han har rätt såklart och de flesta är borta nu. Det som gör ont gör ont, och gills. Att leva ett liv med sina föräldrars förakt och fundamentala missuppfattningar om ens person är ingen liten sak, och knappast unik heller. Kan vara värd några rader.

Då jag femton år efter att vi senast sågs (och 6 år efter min fars död) via mail försiktigtvis föreslår en fika eller så i mitt föräldrahem så avböjer hon ursäktande sig.

Hon mår inte bra, är åtti fyllda. Cyklar visserligen en halvtimme varje morgon och är aktiv och klar men känner sig labil och svår.

Hon saknar honom, skriver hon. Hon saknar honom fortfarande så mycket varje dag.

Utöver det postumt vidarebefordrade halva utkastet så har jag inga brev från min far, det kom aldrig några, och inte heller ringde han. Inte ett samtal och inte en rad på de fyrtisju år vi vistades här samtidigt. Att han skulle fått för sig att besöka på egen hand var likvärdigt otänkbart, att klandra honom skulle ha varit som att klandra en naturlag.

Det verkar inte ha legat nåt medvetet avståndstagande i det men var bara så, kontakten med avkomman delegerad till hustrun. Förmodligen helt enkelt för att hon var bättre på det.

Om han skötte saken annorlunda med min bror vet jag inte men det är väl troligt. De hade mer gemensamt och bodde närmre, därtill fanns tidigt barnbarn att smörja med.

Kontakten med min mor går för sin del av och på under tjugo år, och är utan undantag skriftlig. Något annat känns inte möjligt; vi bor i varsin ände av landet och på telefon finns inte tillräckligt med utrymme för eftertanke och formulering.

Ett par år av tystnad efter min fars bortgång skriver hon att han via ett medium uppmanat henne att ta kontakt med mig. Han har det bra, meddelar hon, men oroar sig för mig. Och jag är verkligen inte ironisk när jag svarar att det värmer.

Efter alla år. Denna ömhet. Från andra sidan.

Misstänker att generationsklyftorna aldrig varit särskilt mycket vidare än under sexti- och sjuttitalen, man får kanske hålla det i minnet.

Mina döttrar och jag lever på snarlika platser, tror jag (åtminstone anar vi väl varandras i diset), men min far och jag vistades aldrig överhuvudtaget i samma universum.

Lite så. En hel del så.

Och jag frågar mig om han faktiskt försökte, fast så dåligt lämpad och rustad att det inte märktes eller rentav kontraproducerade?

De där nätläggarottorna i det tidiga sjuttitalets Fårösundsdimmor, bisterkulna evenemang där man fick sitta i aktern av den lilla plastfiberekan och hålla käft och rorpinne medan fiskaren fiskade – var de kanske i själva verket ett slags försök till bonding?

Var är kärleken, var fanns kärleken? Och vad är kärleken?

Nog det som är så förskräckande och som vid passerat halvsekel fortfarande driver mig tillbaks att rota. Har inte fått ordning på det vid tidigare försök. Vet ännu inte vad som hände. Vet inte vems den där kärlekslösheten var, och hur och varför. Anar den bara där i fonden som en latent smitta.

Arv och kulturförgiftning, slarv och förbittring. Ser inte. Minns inte. Känner inte.

Kunde man växa utan rötter? Kan rötter kanske rentav hämma tillväxten? Eller är det bara så att de är alldeles nödvändiga för att vi ska ha nånting att kapa?

Detta att dö ouppklarad och mysteriös och utan att ha känt sina barn, blev det bara så eller var det något du eftersträvade, var det så din sanning och nödvändighet såg ut? Kunde du inte tala eller ville du inte? Är kanske frågorna i sig själva helt bortom och omöjliga, hade du helt enkelt inget att säga?

Att inte veta, att förneka att det ens finns något att veta, att tillbringa sin tid i vida cirklar runt de ljuva gåtorna?

Och om du plötsligt sjönk eller lyfte, sent om natten eller just innan du vaknade – vad såg du, vad överraskades du av, vad önskade du att du kunde ta med dig, och var det bara i brist på språk du aldrig delade med dig av rön och fynd?

Blev ändå i slutänden en slags glad koleriker av din yngste son, märkligt.

En sorts förbannad lyriker släpande sitt vackra skrot genom livet.

Hånfull var jag dock aldrig, åtminstone inte från positioner där hånfullheten slagit mot nån annan än mig själv.

Och antar att du gav dig samma fribrev.

Min mors röst i bakhuvudet medan jag skriver, den är upprörd över förminskandet av min far.

Och jag köper det, fullt så liten kan han ju inte ha varit. "Men du kände honom", svarar jag och slår ut med armarna. "Jag får ta det jag har och det är inte mer än såhär."

Min mors ögon, de där millisekundsnabba blickarna av tvivel och undran som löses upp i diametrala riktningsbyten och lämnar mig ensam på väg åt helt fel håll. Det ska inte vara nåt allvar och problematiskt nog inget tillgjort lattjolajban heller. Jag måste vara lattjolajban, på riktigt och i märgen, annars är jag för evigt körd. Passivitet och social hämning är min far förbehållet.

Knausgård skriver om det i första delen av "Min kamp", sidan 422: oförmågan att gå in i en roll och förställa sig som gjorde hans farföräldrar så obekväma att de till slut försökte avstyra hans besök. Han blev för mycket, kom med ett gymnasialt allvar de inte visste att handskas med – trots att han enligt egen utsago verkligen ansträngde sig att vara den han trodde att de ville att han skulle vara. Eller just på grund av det, troligare; han var ju så genomskinlig. Det måste komma naturligt. Osäkerhet och självmedvetenhet är ju orättvist nog inte särskilt charmigt.

Upplevde in i det sista nåt liknande var gång jag träffade mina föräldrar och i synnerhet min far: de var främlingar eller i bästa fall ytligt bekanta jag ansträngde mig att vinna, utan att nånsin begripa hur. Det gavs inte plats för den jag blivit och var, så jag regredierade. Som det måste ha förvirrat dem – den där gamla sammanbitna blygheten som såg så dryg och fjär ut, och de plötsliga onyanserade utfall av grabbig ironi som jag kompenserade med.

Teg och stirrade ner i vaxduken i väntan på nån annan att skaka omöjligheten av oss. Och nån gjorde det och jag passade på att avvika där, just då, i det där åtminstone till synes öppna och möjliga. Vi log, vi låtsades att vi kände varann. Låtsades att vi brydde oss mer än hjälpligt om varann.

Inte förrän med barnen och deras relativa oviktigande av allt annat lärde jag mig att överse med både mig själv och andra, och att tillochmed ganska sorglöst kommentera de hopplösa situationer livet kastar in oss att möta och missa varandra i. Men då var deras farföräldrar redan ute ur bilden.

I början av april det året jag skulle fylla trettiett spatserade jag en längre långsam sväng genom det stillsamma Vredehoek på Taffelbergets sluttning, i avsikt att besluta huruvida jag skulle stanna i Sydafrika eller inte.

Mycket att väga, somligt för och annat mot. Så brukar det ju va.

Det är branta kvarter där ovan centrum och bukten men finns ju också en del gator som sträcker på skrå och så tillåter en del fnulande.

Hade jag kunnat se de kommande fem åren hade jag gått hem och bränt returbiljetten, blivit sydafrikan, så är det.

Och jag hade så aldrig träffat mina barn.

Sovstad i utkanten av centrum, brittiskt kolonialt och blundande, prasslande palmer, skuggor som sträcker över vittrande kolonner. Hade tillbringat ett och ett halvt år där och hade kanske inte byggt upp ett liv men tagit ett slags osäkert spjärn iallafall: rapporterade sporadiskt om utvecklingen i demokratiförhandlingarna till tidningar i Sverige, serverade öl och pizzor på ett pang i Woodstock om kvällarna, publicerade poemer i engelsk översättning i sydafrikanska kulturtidskrifter och deklamerade dem med panikslagen nerv när tillfälle bjöds. Började framför allt känna halvön ganska skapligt, åtminstone dess geografi och i synnerhet de berg där jag så ofta jag kom åt klättrade undan för överblick och bäringsuttagning. Och de myckna barer där jag tröstlöst sökte detsamma.

I slutänden var det två saker som avgjorde. Det rämnande äktenskap som jag trodde kunde räddas av att vi vilade ordentligt från varandra under några månader. Och lusten att lära känna min far – han hade ju varit så rasande trevlig under de veckor då de hälsat på i december.

Mörkret som följde, orkar knappt ens se tillbaks på det. Bältrosen, burksamlandet, de drivande horisontella regnen, vilsegångandet i korridorer på Frescati och Postverket. Lasermän, den utdragna massakern på Balkan som inte gick att ta i. Allt jag inte kunde skriva eller som försvann spårlöst på förlagen om jag ändå fick till det. Ensamheten och havreflarnen, konkurserna och saknaden.

Och den där mannen som ingenstans stod att finna, den där avspända respekten han aldrig mer bjöd på.

Återigen: det karga mansideal som vilade under veckorna på Kap. Ordlösheten som definierade honom, det knappt förnimbara grimaserandet bara från positioner just vid sidan av.

Läser P O Enquists bok om Charcot och hans famliga jakt på de "trasiga nerverna", om säkert med all rätt förbannade pubertetstjejer som skickades till hysterikornas Salpêtrière i Paris och de förbryllade men samlade män som där iakttog och studerade, experimenterade och analyserade.

Det är inte länge vi haft nån ens grundläggande koll på vilka vi är och hur vi fungerar, på vad vi kanske måste tillåta oss, på vad vi mår bäst av.

Inte så underligt då att en man född tio år innan Freud var färdig (och uppfostrad av föräldrar från ovariepressens sekel) kunde känna sig vilse i sjuttitalet, med ansvar för denna ömsom gällt gastande och etterfräsande, ömsom stillsamt verskomponerande ättelägg... Inte konstigt om han förhöll sig avvaktande?

Men nä, den bilden är inte komplett. Det fanns ett dovt ringande gnäll inne i den där tystnaden. Ingen har nånsin velat bekräfta men jag hörde, det var ju rent som en tinnitus ackompanjerande hela min barn- och ungdom.

Oredan i hjärtat alltsedan tidiga tjugoåren. De supraventrikulära arytmierna, den återkommande paroxysmala takykardin – du visste inget om det, ville inte veta nåt om det.

Att stå vid stupet natt efter natt med halva fotbladen ute över tomrummet, parerande de nyckfulla vindarna.

"Smärre abnormitet i retledningssystemet" löd första diagnosen men den baserades på ett eller ett par extra-slag för mer än så fastnade inte på bandet den gången. Jag tyckte det var poetiskt men nu vet jag inte längre.

Minutlånga virvlar, ett studsande som av tokiga rabbisar i bröstet, mullret och stampandet och den plötsliga tystnad och stillhet i vilken jag anar evigheten innan sekunderna rasar ikapp. Synkoperna, dubbelstötarna, syret som inte kommer: huvudvärken och svimnings-skoven och knäandet på trottoarerna, ihopsjunkandet på refugerna. Kippandet efter liv och fortsättning rätt som det är, mitt i dansen.

Vi hade parkerat på Table Mountain Rd och var till fots halvvägs upp genom middagsgasset när du fick ditt första flimmer. Vi vände och stapplade ner med dig, körde hem till bordsfläkten, barfötterna mot det svala kaklet, frostig lemonad och vila.

Sen var det din åkomma, du ville inte dela, min mor gav mig onda ögat om jag försökte bidra med egna erfarenheter.

Låtsades inte om, vägrade, kutade iväg med hjärtklappningen resonerande i hålrummet i bröstet, tänkte musik av den, lät den vara en del av mig för vad skulle jag annars?

Du drog skuggor över dig de morgnar du vaknat ur fas och rytm, vrängde dig utochin och var borta, svarade varken på blick eller tilltal. "Han klagar verkligen aldrig!" svärmade hustrun.

Åren av sporadisk mailkontakt med min mor som att stå på gräsmattan och plira in i dunklet genom fönsterblänk och tyll och hortensia och pelargon.

I Coetzees "Age of Iron" står att "I may long for her but I don't want her here" och det är inte svårt att känna in.
Vi saknar på sin höjd hur det borde vara och har inte för avsikt att acceptera mindre än så.
Kanske. Nu blev jag osäker igen.

Hon förlorade själv sin far i unga år, flera gånger om – först till alkoholen, sen i skilsmässa och så i tonåren till cancern – och kanske finns förklaringen till hennes extraordinära bindning till min far (som dök upp i samma veva) där nånstans men frågan är om det spelar nån roll.

Hon var konstig och självupptagen redan som barn, sa min mormor förjävligt nog om sin dotter en gång när hon försökte trösta mig efter nåt uppträde i början av åttitalet. Och det är faktiskt ordagrant samma omdöme jag själv fått från min mor vid upprepade tillfällen.
Vilket omdöme skulle min far fått av sina föräldrar om de brytt sig om att uttrycka det?

Konstiga från början, var det vad vi var allihop? Kan man annat än skratta, jag skrattar verkligen, det är omöjligheten som tar sig ut den vägen, som duckar och slinker undan i skuggorna.

Mot försoning utan avslut...
    Det ska gå...

"Mörkret i utkanten av stan"

Det var ett utdraget men i slutänden skäligen misslyckat projekt, en flera hundra sidor lång roman trevande efter de första sammanhang jag alltså fortfarande söker. Dvs det fanns goda ansatser och en hel del riktigt bra texter inom pärmarna men det bästa man kan säga om helheten är väl att dess allmänna frustration och förvirring väl speglade författarens.

Men han levde då, min far gick runt och teg då. Allt var status quo då, allt var möjligt och fullständigt kört.

Det blev bilder, osorterade och interfolierade med skumögda trevanden.

Mindes till exempel hur han en gång då jag var fyra eller fem lyfte in mig i tvättstugan på landet för att koka stryk. Skräcken jag kände och det vilda trots som ändå segrade (mitt brott var att jag skrikit och stretat emot när öronen skulle tvättas). Den tjurnackade skuggan i dunklet, det förorättade vansinnet glänsande i ögonen och bultande i ådringen över pannan. Hur dörren öppnades i sista stund och hur han försvann bort genom öppningen sedan min mor förbjudit misshandeln.

Det sista av min fars engagemang i min fostran, så var det, han fräste att då fick hon sköta det hela och la sig verkligen aldrig i nåt mer. Insåg kanske att han saknade fallenhet för de metoder den nya tiden anbefallde.

Mindes också hur han nåt decennium senare kom in på mitt rum, en minnesvärd tilldragelse i sig för det var inte många gånger jag hade honom som gäst och än mer speciell i det att han från skrivbordet frånvarande fiskade upp en liten blomstrig kåtskröna jag författat åt mig själv inför kvällens session av självbefläckelse. Det där utdragna hjärtstilleståndet medan han läste, och medan allting hastigt mulnade.

"Vem har skrivit detta?" rosslade han till slut och

"Meddelande från brorsan" improviserade jag förhoppningsfullt.

Det var i många år nånting jag inte ens kunde snudda vid med tanken, det var så omsorgsfullt förträngt att jag gapade när minnet lösgjorde sig tretti år senare och jag såg hur han åskade ut ur rummet till köket där min mor satt, och jag till synes bekymmerslöst plockade vidare med min Spitfiremodell medan hjärnan brände ut och kortslöt.

"Det är ju sånt man läser på offentliga toaletter!" Och min mor, som utan tvekan kunde skilja på sina barns handstilar och därtill förfogade över åtminstone ett grundmått av psykologisk insikt:

"Sssssch..."

Sånt, smärtpunkter och halvkväden om vartannat.

Trasig analys med knorr, emellanåt lite som det jag sysslar med här fast fluffigare och med ännu mindre kontroll.

Hopplösheten i att söka kärlek och respekt hos människor man själv varken respekterar eller älskar...

Dock: eftersom omöjligheter är så illa svåra att acceptera vill jag ändå envist hävda att det är den äldre generationens ansvar att dödläget inte uppstår. De äldre ska älska och respektera de yngre, det är faktiskt deras huvudsakliga uppgift, deras förbannade plikt!

Ett knappt år efter min fars sjuttionde födelsedag (som ska komma att bli sista gången vi ses, trots att han är med nästan hela vägen fram till sin åttionde) ringer jag till Fårö och han svarar, sin vana otrogen. Det är alltid stelt och svalt över gränsen mot det kalla när vi talar i telefon, brukar sällan bli mer än ett par skäligen meningslösa meningar innan luren går vidare till min mor.

Nu tycker jag ändå att det är i fånigaste laget att jag inte lika gärna ska kunna framföra mitt ärende till honom så jag frågar för sakens skull om det är ok att S och jag kommer över ett par dagar veckan därpå för att fira min födelsedag i deras sällskap. Men han har kanske sovit dåligt, har kanske vaknat med arytmier eller pirr i benen och snäser att det har de ju inte planerat för. Och sen är han borta och min mor är där istället och undrar vad som hänt.

Jag är svag och upprörd men orkar inte, faller undan, säger att vi glömmer det, avslutar skyndsamt. Sitter med den brutna ledningen och skakar men unnar mig ingen sorg. Tillbringar istället kvällen med att skriva ett långt brev till min mor där jag ventilerar alla dessa års frustrationer med min far, och dessvärre- eller bättre hinner jag även skicka det innan de känslomässiga konvulsionerna något stillar sig frampå nattkröken.

Det är vokabler och inga chansoner.

Min mor svarar ett par dagar senare att jag nära nog lyckats i mitt uppsåt att ta livet av min far. Hon skriver att jag såklart mycket väl vet att även han läser breven jag skickar till henne, och tillägger att han gör det med största iver och intresse. Jag tänker på raden "Som far har han varit ett fulländat fiasko från början till slut" och ser det framför mig som hon målar upp det: min far i läsfåtöljen intill fönstret mot bersån, blodet som hastigt sjunker, svindeln som tilltar.

Mina egna arytmier tar över mig sen, i flera dagar, och jag försöker tänka att de mystiskt är kopplade till hans – att vi sitter där på var sin sida om Östersjön med all outtryckbar ensamhet och galen tvärvägran och är varandra.

Tänker att han ändå måste se desperationen nu och ta sitt ansvar.

Tänker att han äntligen måste reagera, måste höra av sig.

Var du rädd för ditt eget barn, lilla pappa?

Slängde ur mig tanken den gången, i det där brevet eller nåt av de påföljande: "Det känns nästan som att han är rädd för mig" och hon bekräftade: "Du kanske borde lita på din instinkt".

Så jag gör väl det men förstår inte, har ju själv barn nu och kan omöjligt ta in att jag nånsin ska bli rädd för dem.

Försöker se det där lilla huset i Ängby igen och hur ni kanske gick omkring varandra där då du var liten och halvstor. Du var bara i tjugoåren då din egen åldrige far satte punkt så han hann kanske aldrig lära dig att skratta ihop bitarna, kanske visste han inte själv hur man gjorde?

Du såg mig aldrig i ögonen och log, jag minns inte att det hände men du var rädd för mig och jag måste kanske försöka utvinna nån slags respekt ur det.

Den ogripbara tiden och omöjliga gemenskapen, min far redan så långt bort i tid och rum, ändå alltid närvarande som den aning och skugga han var, och kanske på ett sätt mer levande för mig som aldrig fick nåt avslut – vare sig blick eller ord eller ens hans döda och till frid komna kropp – än för de andra?

Vet ju faktiskt varken hur det började eller hur det slutade.

Var du med mig då på Hainan i natten och berusningen när jag jublade uppför det buskiga berget mot stjärnor och tacksamhet? Var du med mig i Karoo när jag fick eld uppe vid strandklinten och gick ut i mörkret att kasta efter hajarna, var du med när Vintergatan föll över Anderna och när Stilla havet med mjuka fingrar sköljde bort ytterligare lite av La Isla Negra?

Jag vet inte vad jag talar om, det har jag aldrig gjort, men jo: du var med.

Du var med när jag dök rakt ner i badklippan vid Kvarnvattnet och bröt snoken, och när jag vacklade ner till sjön om ottan att vaska fram nån sorts anletsdrag igen. Du var med i norrskenet som sprakade sans och chans i himlen över Ödehoburga den aprilnatten när allt föll sönder och stillsamt fogade ihop sig igen. Du stod intill var gång universum svalde mig utan att tugga, och när jag rapades upp igen som en tveksam dunst. Jag bar dig inuti när jag slog och när jag smekte, när jag dog och när jag lekte.

På nåt vis, i nåt avseende.
Vi säger så iallafall.

Besynnerligt att den enda gång du frågade mig om råd så handlade det om begravningsurnor: borde vi berätta för min mor att min mormors urna – som jag varit till Trollhättan och hämtat – möjligen blivit förväxlad vid utlämningen på krematoriet (den skulle vara av lergods men var av trä)?

Jag gick med dig uppåt hagen, det var bara vi två vuxna män i överläggning, det upprepades aldrig och jag kan därför återkalla känslan; det jag inte klarar är att beskriva eller förstå den.

Den där plötsliga respekten som kanske funnits där hela tiden eller åtminstone med jämna eller udda mellanrum men som aldrig kommit till uttryck. Som jag sköt upp och expanderade i den, hade inte ens några problem med att jag inget vettigt svar hade att leverera.

Farsan du levde då och själv var jag blott kvartsseklet. Varför byggde vi inte på de där minuterna, var det för att jag inte svarade mot förtroendet? (I slutänden ringde du till krematoriet i Trollhättan och fick förklarat att lerkrusen helt enkelt tagit slut.)

Nu ligger din egen aska i sin egen urna strax intill min mormors, en sån underlighet. Tjugotvå år mellan

dödsfallen men knappt mer än två och en halv blinkning
i mitt racerliv.

Eftersom jag inte har koll på skillnaden mellan jordfästning och gravsättning tar jag med min familj till fel kyrkogård. Det är nån månad eller två efter det datum för jordfästning som angivits i dödsannonsen och vi vandrar gångarna på Götalundens begravningsplats i Trollhättan fram och tillbaks i jakt efter färsk mylla.

Vet inte varför. Tror att jag behöver se graven, tycker kanske att även barnen bör det. Söker något av det där avslutet antar jag, vad har vi gravar till.

Som liten hölls jag inte sällan just utanför den breda granitmuren i fonden, det brukade stå gamla rostande godsfinkor på sticksspåren där och vi var Hannibal Heyes och Kid Curry och hoppade mellan taken eller tjuvrökte nånstans längre in i det dunklare av drömmarna där det gläntade i alla riktningar, där bara stjärnor och en ganska snål månstrimma lyste över stigarna i ruffen. Det var fulländat, så som det är när man inga frågor ställer.

Sen sköt sig Pete Duel (Heyes) en nyårsafton och allting splittrades och vi jagade efter bitarna i många år, i flera decennier faktiskt. Glömde till slut vad det var vi sökte, och huruvida vi nånsin vetat.

Och här är jag, såhär blev det.

Min yngsta dotter springer längs raderna, genar över gravarna, vill vara den som presenterar fyndet. Det är underligt att se och försöka ta in. Hon kände inte sin farfar, ingen av dem gjorde det.

Det är ingen stor begravningsplats och efter en knapp timme kan vi konstatera att han inte finns där. Och det känns märkvärdigt logiskt.

Inte ska jag stå vid din grav, stirrande rakt ner i marken.

Inte ska jag veta var du finns nånstans, och inte ska jag kunna bli där.

Du ska inte vänta och du ska inget förklara.

Din tystnad ska aldrig bli min tystnad och det du kanske säger ska aldrig vara tillräckligt.

Jag ska aldrig veta vad jag sysslar med när jag söker dig och plötsligt ska jag återigen inse att jag gått åt fel håll och inte vet var jag är.

Allt annat är faktiskt helt otänkbart.

Det jag måste hålla

Igen: jag fick på omvägar veta att min far var döende.

Jag talade med S, min fru.

Våra barn hade aldrig träffat sina farföräldrar, fast redan uppåt decenniet bägge två. Eller jo, vår äldsta dotter tillbringade som ettåring en halvtimme i sin farmors knä då hon besökte vår andrahandslägenhet i Solna men det var allt.

S talade med mig, och sen mailade jag min mor att S var beredd att komma ner med barnen om hon ville.

Om hon ville, om min far önskade.

Ett kort besök bara, de kunde övernatta på annat håll.

Svaret kom efter ett par dagar: det var inte läge.

Min far var sängbunden, medicinerades hårt, visste aldrig vad han skulle orka.

Det gick ett par månader, och jag väntade.

Ett kort kanske, ett par rader? Jag hade läst om det där, döende patriarker som hör av sig på sitt yttersta, som vill försonas, som inser i elfte timmen vad de förlorat, vad som oåterkalleligen håller på att försvinna.

Livsknutar som ska lösas, darrhänder famlande i bråten.

Förbittrad avkomma som ändå gör resan.

Tårar och förakt, och bortglömda band flämtande i askan. Avslut.

Men tiden gick igen, ett par månader till.

Jag tog barnen till skolan om morgnarna, hämtade dem igen frampå eftermiddagen.

Jobbade, läste, gick igenom rörelserna.

Såg hur snöhögarna sjönk ner i den lövtäckta gräsmattan utanför lägenheten, diskade och vattnade blommorna.

Jag hade undrat om jag skulle komma att gråta, men jag grät förstås. En stilla gråt, inga konvulsioner, men tårar. En plötslig mjukhet, och en obegriplig känsla av frihet.

Det var inte att jag förstod, och det var inte att jag saknade heller.

Vi hade inte träffats på tio år, och på sätt och vis hade vi kanske aldrig gjort det.

Det var nåt annat. Det var kanske att något fullständigt och slutgiltigt var för sent, som i praktiken länge varit det. Det sista lilla hoppet, aldrig artikulerat, aldrig taget på allvar, men nu faktiskt dött, borta. På väg att grävas ner och undan med mannen som skulle ha varit min far.

Och jag skrev, som jag alltid varit tvungen att skriva, för mig själv och för den blogg som två eller tre människor råkade navigera förbi varje dag:

Adjö då tjurskalle
Hoppas det blir lättare nu
Jag kommer väl aldrig att förstå
men det kan jag leva med – hoppas
du kan vara död med det

Absurda liv absurda död tystnaden
och alla ord, de som aldrig var
de som ville men inte
hittade, som bara
väntade, födda att vänta

Adjö tjurskalle
du som inget hade att säga
eller som talade ett språk jag
inte förstod
– ett antikt mummel jag
inte kunde tyda

En annan gång, en annan tid vi
hade kanske
kunnat göra det bättre då och ändå
anade jag dig, vet du det
Jag tror att jag faktiskt anade dig bättre än de flesta

Adjö tjurskalle
kan du se mig nu, kan du
förstå nu, vet du nu
var jag är och alltid var

Hopplösa liv hopplösa död vad
ska vi göra
Min tur snart, är ju så, tjurskalle
Du var mitt livs största mysterium, är
mitt livs största mysterium men
jag måste
strunta i det nu jag också

Farväl älskade hatade dåre jag har
till min oerhörda frustration
inte fler ord
nu jag heller

En slags bristfällig avrundning, det kändes i alla fall bättre.

Varpå det gick några dagar till som jag inte minns så mycket av. Jag var väl trasig men det har jag i växlande mån och av olika anledningar alltid varit. Tror ändå att det började läka nånstans när han var borta.

Det var som att han såg mig, särskilt om dagarna när jag satt ensam vid skrivbordet och arbetade. Och jag förstod att det bara var psykologi och försvarsmekanism men skitsamma, det hjälpte.

Tanken att han såg, att han var nånstans där han inte kunde undgå att se.

Tanken att han förstod, att han var nånstans där allt blivit uppenbarat.

Och efter de där dagarna, mot slutet av samma vecka, skrev jag igen:

"Har skrivit så mycket så länge om missförstånden oviljan tystnaden, tjurskalligheten envisheten, allt det där självupptagna (om än inte nödvändigtvis särskilt självgoda) tigandet, all fånig idé om stoisk manlighet (så som jag måste uppfatta det), de förvirrade tankarna om att tystnaden i slutänden talar mest artikulerat, att inget riktigt vackert kan sägas med nåt så fult som ord staplade på varandra...men idag vill jag minnas det jag hittar av den du kanske velat vara.

Finns ju bilder av ansatser, sällsynta öppningar eller gläntningar. Som förvåningen den gången vi oförhappandes (eller planerat?) lämnades ensamma en åttitalsförmiddag och du inte försvann ut i garaget men tog med mig till Överby för att ekipera mig. Jag blev alldeles ställd men hade i alla fall sinnesnärvaro nog att inte vägra. Minns tystnaden i bilen bara och min intensiva koncentration på att bryta upp den i lagom långa sjok, på naturliga vis, med små kommentarer och inpass som inte fick låta pressade. Och kanske eller ganska säkert skämdes jag tjugofemårig och medellös och trasig och avböjde muttrande efter den där första och enda vindjackan – det blev ingen bonding men var kanske faktiskt ett försök i all tafflighet.

Apelsinerna i stanniol, elden, snön, Hunnebergs vinter-gärden, det är bara bilder, de betyder inte mycket men finns. Sittningarna med Honken och Labraaten, eller dyken från badstenen i Klintsbrovik då när allting just börjat och ännu föreföll möjligt, maneterna i de kupade händerna, flundrorna sprattlande under hålfötterna.

Snabba misslyckade dragningar i förbifarten, barnsligheten som erkänner sig, som tar sig på allvar om bara för ett par sekunder innan du fortsätter upp mot vagnboden och det eviga avlägsna snickrande där du kanske tror att värdigheten bor.

Hur kunde det bli så svårt, hur kunde du inte bjuda till oftare, tidigare, större? Inte ett avspänt samtal på tu man hand, på fyrtisju år. Vad var det du utsatts för, hur kom det dithän?

All skit allt det jag minns bara alltför väl vill inte dra det igen kommer aldrig att dra det igen men fokusera på de där valhänta gesterna, utspridda som enstaka pärlor i det vidsträckta bottenslammet. Ser ju dem också, därav förvirringen, frustrationen.

Sista gången vi sågs där i det döende nittonhundratalet, på din sjuttiårsfest. Som igår fast så länge sen. Obegripligt hur du smekte mig på kinden det måste varit allra första gången, vad var det, en gest inför syskonen eller var det en föresats som glimtade till en sekund i halvruset för att dö igen? Morgonen efter: det vanliga besvärade förbihastandet och så träffades vi aldrig mer.

Tröttheten i luren, oviljan rädslan var kom den ifrån. Vilken var min roll, vem ville du att jag skulle va, förstod aldrig.

Absurda liv absurda död, har inte sett dig på tio år kan ändå inte ta in detta att jag aldrig mer ska göra det, detta att du plötsligt inte alls finns, hur skulle det gå till. Att du faktiskt bara gav dig av.

En bandymatch på en bottenfrusen tjärn i den västgötska skogen för fyrti år sen. Nån gång när du tog mig i försvar mot din klimakteriesjuka hustru, sånt. Jag ser det jag tar upp det jag håller det. Det är det jag måste hålla.

Det jag måste hålla, det jag håller."

En ding ding ding ding värld

Ett par år efter hans död orsakar en felskriven blodgrupp i ett mail att jag under nästan ett dygn lever i den plötsliga insikten att jag verkligen inte vet vem min far var.

Det är som en nyfiken feber, ja just så tragiskt: jag tar det till mig utan en sekunds tvekan och världen öppnar sig mot allt den egentligen är och kan vara.

Från början är det min mor som berättar om hur hon av en slump upptäckt att hennes egen blodgrupp och hennes fars – den alkade och tidigt bortgångne pionjärflygaren från Tornedalen – inte är kompatibla. Hon är alldeles skakad när hon skriver till mig och spekulerar om min mormors samröre med den där kände regissören i början av trettitalet. Hon vet att hennes pappa var väldigt svartsjuk på regissören, skriver hon, och jag blir för min del lite besviken eftersom jag alltid identifierat mig med den smågalne piloten men googlar teatermannen ändå och ser att han stod bakom en del av min barndoms stora tv-upplevelser, och tycker väl ändå rätt snart att släktskapet vore lite kul. Samtidigt slår det mig att den nya kunskap om blodgrupper jag fått innebär att jag för min del omöjligt kan vara min fars son.

Ren och rosa eufori, faktiskt, måste erkänna det. Det överväldigar mig som inget annat sedan barnen föddes.

Korkar upp, kramar min fru, ringer mina vänner, tänker att kanske får jag aldrig veta mer än såhär men att det räcker långt. Skriver till min mor och fiskar intim info men bryr mig egentligen knappt om vem hon strulat med där i Schweiz ett halvsekel tidigare, viktigare är att det tröstlösa men till synes oslitbara bandet till den där andre mannen – mitt livs gäckande skugga – till slut släppt.

I ett slag stämmer allt: tystnaden, avogheten, det kapitala ointresset, favoriseringen av min bror. Allt är förklarat och mycket därtill förlåtet. Vägen öppnar sig och identiteten med den.

Sen skickar min mor en bild på min fars ID-bricka där den egentliga blodgruppen framgår med all icke önskvärd tydlighet. Hon bifogar en lakonisk kommentar om att jag nog får leva med härkomsten och allt är åter status quo. Vi sitter ihop igen fast vi aldrig känt och aldrig ska känna varann, vi är blod och ofrånkomlighet, nu och för alltid.

Och gott så, försöker jag tänka, det är vant och inte alldeles utan en viss skört lockande skönhet.

Hittar ett förbryllande fragment från mina föräldrars besök på Kap, eller strax därefter.

Har ju med åren byggt mig en myt om att det gläntade därnere, att vi snuddade något under de där veckorna, men påminns om alltings relativitet:

"Mina föräldrar kommer ner från Sverige och vi börjar om, vi börjar alltid om fast vi aldrig rört oss, hör på varann utan att lyssna, talar till varann utan att säga något, famlar bara efter oss själva i farten, står högst uppe vid utkiken mellan fyren och den egentliga Godahoppsudden, ser hur dimman driver in som en vägg från Antarktis.

De har avstånden med sig från norr och vi skrattar åt dem, hisnar och fyller den lilla Opeln med glatt tomma kommentarer – vid Chapmans Peak Drive stannar vi och fotograferar över viken mot Hout Bay, driver undan tiden, dör långsamt med hanterliga plågor som man gör i sällskap.

Tycker de verkar uppriktigt nöjda, det är kanske en träningssak."

Men jag lägger undan det, jag lägger det här och låter det ligga.

Det finns en skönhet i tveksam- och ofärdigheten också, eller om det bara är det jag måste tro. Flackandet backandet stammandet, att inte veta, att inte inbilla sig något – var det i själva verket där vi möttes, följdriktigt utan att se det?

Ensam i ottan, under himlen, under tid och spretande erfarenhet, under all osäkert skevande förbryllning. Min sovande familj, mina vindar, stigar, fönsterknackande björkarmar, snällt sönderfallande sekunder.

Vinden fläktar bort knotten, solen värmer vinden, de frusna morgonstrumporna åker av framåt nio. Tar på mig en lagom tunn oro och den gamla stukade men väl fungerande nyfikenheten. Bygger bastu, leker lek, leker arbete.

Mer av allt och inget, ihopgrottat och sammelsuriskt. Mer av jord, handsvett, hammarblåsor, hammarvalkar – och de bleka fläckarna i gräset vid sidan av dörren där barnen tömmer pottan och hustrun hukar om småtimmarna.

Vinden på marken, vinden i träden. Mödosamt tar sig en enorm grönglänsande skalbagge över tröskeln ut från köket, alltmedan bredbandsmodemet vilar.

Fåglarna spritter som lime. Det varma molntäcket. Lupin och tjärpapp, björkdunge och trafikförsäkring. Faluröar och smyger att pyssla pyssel medan färgen torkar. Blänka iris, ta in allt vad jag kan.

Nyfiken husmus i farstun. River av en kvissla, blöder vackert mellan ögonen. Känner hur det dunkar varmt och överseende inuti det gnejshårda höljet av kontusioner.

Sover allt mindre, det är väl åldern. Minns att mina föräldrar tyckte jag sov bort det bästa av dagarna när jag var yngre, de förstod inte att det också var åldern. Finns en tid för nattligt rödvinsskaldande vid sotiga fotogenlampor, för växande och värkande; finns en annan för att stå barfotad i morgondaggen, hungrig och lycklig utan märkvärdiga uppslag inuti fågelkakofonin.

Mojnad julimorgon, ännu en. Humlornas studsande mellan smörblommorna i gräset under det skevande trädgårdsbordet. Tanken att idag snickrar vi färdigt tvättrummet bakom atelieren. Tanken att: kaffe!

Det regnar en stund. Öppnar dörren till verandan, låter det korrugerade plastmattret omsluta mig. Pissar i den emaljerade pottan från loppisen i Långasjö. Häller över geckoödlans larver i en tom kaffeburk, tänker på alla de små insekterna där ute i rotblötan. Avvaktar utan brådska.

Avlägsnar tre getingbon från vinden. Ser molntussarna dansa kull över kärret. Gäspar mojiton ur alla de små ansiktsmusklerna. Går ut och stretchar lutad mot soluret. Går in igen och sitter med min dotter, knattrande på varsitt projekt. Hör hur det klirrar från diskbrädan utanför verandan. Skriver om det; sparar skönt och lönlöst. Sen öppnar jag dokumentet om min far och skriver de allra sista raderna:

Stamkulle- och Idrottsvägarna ner i den gamla 96:an. Tror vi parkerade utanför Posten och att filmen gick på Saga. Jag skrattade så jag inte fick luft åt Jerry Lewis och såg hur du log varmt och samlat i biomörkret. Kanske var det min första matiné och definitivt en av de bästa dagarna.

När vi kom ut hade det regnat och dunklat på, neonljuset blänkte i gatstenen och jag höll din hand upp längs Spannmålsgatan.

Där, då, med nästan hela livet framför oss.

Hökarängen, 2009-2015